BETTINA BELITZ

SAPHIR

UNGEZÜGELT IN DIE FREIHEIT

BETTINA BELITZ

Saphir

UNGEZÜGELT IN DIE FREIHEIT

KOSMOS

Umschlaggestaltung: Kathrin Steigerwald, Hamburg
unter Verwendung von Fotomotiven von Tetiana Shamenko/fotolia
und callipso88/fotolia

Die Saphir-Trilogie:
Saphir – Rebellische Herzen
Saphir – Ungezügelt in die Freiheit
Saphir – Für immer vereint

FSC www.fsc.org
MIX
Papier aus verantwortungsvollen Quellen
FSC® C014496

Gedruckt auf chlorfrei gebleichtem Papier

ISBN 978-3-440-15955-2
Redaktion: Teresa Baethmann
Lektorat: Sophie Härtling-Reine
Produktion: Verena Schmynec
Grundlayout und Satz: DOPPELPUNKT, Stuttgart
Druck und Bindung: GGP Media GmbH, Pößneck
Printed in Germany / Imprimé en Allemagne

UNÜBERWINDBAR

„Tür frei!“

„Ist frei!“

„Nein, ist sie nicht“, widerspreche ich, doch es ist schon zu spät – Saphir hat längst reagiert, und ich kann nur noch dafür sorgen, dass wir die Situation möglichst unbeschadet überstehen. Als hätte jemand eine Nadel in seine Flanken gejagt, schießt Saphir los und beginnt im Galopp, mit dem Kopf zu schlagen, zu buckeln, seitwärts zu springen. Ich muss den passenden Zeitpunkt finden, hinunterzufallen – je eher, desto besser.

„Zügel annehmen, Roxy! Nimm die Zügel an!“, höre ich Nolan rufen, doch genau das will ich nicht. Saphir möchte mich loswerden und darauf kann ich nicht reagieren, indem ich ihm wehtue. Außerdem verstehe ich ihn. Mir würde es an seiner Stelle nicht anders gehen.

Sobald er sich von der Bande entfernt hat und ich

ohnehin nur noch in Schieflage auf seinem Rücken hänge, löse ich die Hände von den Zügeln und lasse mich in den weichen Sand fallen. Flink rolle ich mich ab und laufe rückwärts von ihm weg. Obwohl ich bewusst gestürzt bin, tut mir die rechte Hüfte weh. Saphir ist groß und ich bin immer noch ziemlich klein.

„Verdammt ...", zischt Nolan. Es ist nicht zu übersehen, dass ich humple, und mein Oberschenkel fühlt sich taub an. „Alles okay?"

Ohne zu antworten, stelle ich mich zwischen Saphir und Isabella, die sich mit ihrer auf Hochglanz polierten Stute in der Mitte der Halle platziert hat, als würde die Welt sich nur um sie drehen. Nolan hätte ihr die Tür nicht freigeben dürfen – nicht, solange ich auf Saphir sitze und er nicht wirklich entspannt ist. Was er seit gefühlt hundert Jahren nicht mehr gewesen ist. Eigentlich wird es sogar von Tag zu Tag schlimmer. Für ihn und auch für mich.

Ich gebe ein leises, tiefes Summen von mir und vermeide es, Saphir anzusehen, obwohl ich Angst habe, dass er sich bei seinem wilden Tanz noch in den Zügeln verheddert. Doch nach ein paar weiteren panischen Sprüngen bleibt er mit pumpenden Flanken stehen und wendet mir seinen Kopf zu.

Ich spüre, wie Nolan mich beobachtet, während ich langsam zu Saphir gehe, nach den herunterhängenden

Zügeln greife, ihm den Hals kraule und den Sattelgurt lockere, damit er wieder besser durchatmen kann. Fast bin ich froh, dass er gebockt hat. Ganz egal, wie oft Nolan beteuert, dass ich ein Naturtalent sei – es fühlt sich verkehrt an, auf Saphir zu reiten. Außerdem wird es immer gefährlicher. Ich habe keine Angst vor ihm, aber den Hals brechen möchte ich mir auch nicht.

„Du musst die Zügel annehmen, wenn er bockt." Nolan ist zu uns gekommen und lässt seine dunklen Augen sorgenvoll über meine mit Sand bepuderte Hüfte gleiten. „Lass ihm das nicht durchgehen!"

„Er bockt nicht. Er hat sich erschreckt und das hätte nicht sein müssen. – Darf ich jetzt gehen?"

Nolan wendet sich leise seufzend ab und übernimmt wie ein Lakai die Zügel von Isabellas Stute Sunshine.

Also Ja. Nach nur einer Viertelstunde Unterricht. Kommentarlos führe ich Saphir zum Halleneingang, wo Isabella gerade nach einer passenden Gerte sucht – zumindest tut sie so und das recht überzeugend. Saphirs Augen weiten sich und der Druck gegen den Strick wird stärker, sodass ich am Tor Mühe habe, ihn zu halten, während ich es öffne. Isabella rückt ihm noch weiter auf die Pelle, ohne zu begreifen, dass sie der Auslöser für seine Panik ist. Noch immer hat sie nicht kapiert, wie er tickt, und noch immer macht es mich wütend.

„Lern endlich mal reiten“, sagt sie so leise, dass Nolan es nicht hören kann.

„Vielleicht will ich das ja gar nicht“, gebe ich ebenso leise zurück.

„Tja. Würde ich an deiner Stelle auch behaupten.“

Nein, darauf antworte ich nichts. Solche Gespräche führen zu keinem Ergebnis, und Saphir ist schon gestresst genug. Deshalb presse ich die Lippen zusammen, schlucke alles herunter, was mir an giftigem Contra auf der Zunge liegt, und führe ihn über den Hof zu den Stallungen. Erst als er Jakob erblickt, der über die Boxenabtrennung lugt und uns freundlich entgegenbrummelt, beruhigt er sich ein wenig, während ich innerlich zu kochen beginne. Jetzt passiert also doch genau das, was ich nicht wollte und wovon ich dachte, ich könnte es an mir abprallen lassen, wenn ich nur weiterhin mit Saphir zusammen sein darf. Mein Traum, der langsam, aber sicher zu einem Albtraum mutiert.

Ja, Saphir lebt, und ja, ich darf Zeit mit ihm verbringen. Doch in diesem Gestüt wird alles dafür getan, dass es sich anfühlt wie ein Spießrutenlauf, der niemals ein Ende nehmen wird. Vielleicht hat er sogar gerade erst angefangen. Isabella hat sich warm gemacht, mehr nicht, und die anderen suchen noch nach den passenden Lanzen, mit denen sie mich abstechen können.

Meine Hüfte beginnt schmerzhaft zu pochen, als ich

Saphir absattele, ihm sein Müsli richte und ihn in die Box führe. Der dritte Sturz innerhalb einer Woche, und zum zweiten Mal auf die gleiche Stelle.

Bei allen Stürzen bin ich ganz bewusst hinuntergefallen, und die Ursache war immer die gleiche: Saphir hat sich erschreckt. Vor Menschen, die zu laut, zu grob, zu unaufmerksam sind. Es gibt so viele von diesen Menschen in diesem Stall, und heute hat Nolan sich zwischen ihnen eingereiht.

„Ich war so blöd", flüstere ich entmutigt, nachdem ich die Sattelkammer abgeschlossen habe, und lasse mich auf die Strohquader gegenüber von Jakobs Box fallen. Hier haben Nolan und ich noch vor Kurzem zusammen gegessen und das erste Mal richtig miteinander geredet. Na, eigentlich hat er geredet und ich habe zugehört – und kein einziges Wort vergessen.

Genauso, wie ich keine Minute jener Nacht vergessen habe, in der wir Saphir das Leben gerettet haben. Leider hat mein großer Irrtum genau in dieser Nacht seinen Lauf genommen. Ich dachte, dass sich alles verändern würde, wenn Saphir Nolan gehört und ich mich um ihn kümmern darf. Dass Saphir ruhiger und entspannter würde, wenn ich mit ihm machen darf, was ich will. Nämlich erst einmal nicht reiten, nicht longieren, nicht trainieren. Doch ich habe die Rechnung ohne den Wirt gemacht.

Wir sind auf dem Kastanien-Hof, Saphir und ich. Nolan ist der Star dieses Stalls und Isabella seine Prinzessin – und Nolans Vater der Großgrundbesitzer. Ich kann mich hier keinen Meter frei bewegen, sondern hänge in einem Spinnennetz fest, aus dem es kein Entrinnen gibt, während Saphir verzweifelt versucht, sich daraus zu befreien, indem er sein eigenes webt. Es ist ein unsichtbares Netz, die Fäden gezogen von seinem Kopf, der unentwegt hin- und hergeht, sobald er länger als zehn Minuten in der Box steht. Auch jetzt fängt er wieder damit an, obwohl er gerade frisches Heu bekommen hat und zwei Schaufeln Müsli dazu. Als habe man eine Mechanik in seinen Leib gepflanzt und einen Schalter gedrückt, tritt er abwechselnd mit den Vorderbeinen auf und ab und bewegt rhythmisch seinen Kopf.

Ihm dabei zuzuschauen tut mir so weh, dass ich mich abwenden muss. Ich habe sein Leben gerettet. Mehr aber auch nicht. Und es ist ein Leben, das weder ihm noch mir guttut.

Frustriert lehne ich mich zurück und überlege, ob ich auf Nolan warten oder einfach verschwinden soll. Ich habe keine Ahnung, was er jetzt noch in der Halle macht. Er wollte mir eigentlich nur eine Reitstunde geben, mehr nicht, und die war in dem Moment beendet, als Isabella Sunshine (mal wieder) genau dann in die

Halle bringen musste, wenn ich auf Saphir heil zu bleiben versuche.

Ob sie jetzt über mich reden? Ach, bestimmt tun sie das. Denn auch wenn ich es insgeheim gehofft habe – bei Nolan hat sich nichts verändert. Wenige Tage, nachdem wir Saphir gerettet haben, hat Larissa mir beim Frühstück die Zeitung mit einem Bericht über Nolan darin vor die Nase geschoben. Mir ist der Appetit vergangen, als ich das Foto betrachtete, auf dem er und Isabella sich in festlicher Kleidung zuprosteten (mit Champagner vermutlich), weil sie in einem Nobelrestaurant der Altstadt gemeinsam seinen achtzehnten Geburtstag nachfeierten. Nolan ist nämlich genau an dem Tag, an dem Saphir hatte sterben sollen, offiziell erwachsen geworden, und nur deshalb hat er ihn überhaupt kaufen können.

Ich hätte mich über diese Fügung freuen müssen, doch ich konnte es nicht. Isabella zuliebe hat er die geplante Party abgesagt und sie später nachgeholt, und schon da war mir klar, das alles beim Alten geblieben ist. Die Hohensteins und Hilberts feiern öffentlich ihren Erfolg und Reichtum, und ich darf derweil auf Saphir mein Leben riskieren und seinen Mist von der Stallgasse kratzen, damit Isabella ihn eines Tages reiten kann. Das ist der Plan, und sie warten nur darauf, bis ich ihn leid bin und das Handtuch werfe. Denn spätestens jetzt kann auch ich nicht übersehen, dass Saphirs Verhalten nicht normal ist. Niemand kann das dauerhaft übersehen. Noch immer bin ich davon überzeugt, dass die Menschen dafür verantwortlich sind und dass er auf dem Kastanien-Hof niemals das bekommen wird, was er braucht. Doch ich werde diesen Stall nicht verändern können.

Ich will gerade aufstehen und meine Siebensachen aus dem Spind holen, um in den Quellenhof zu fahren, wo ich seit Wochen Steffen auszuweichen versuche, als ich Nolans Stiefelsohlen über die Stallgasse klappern höre. Mit verschränkten Armen bleibe ich sitzen, bis sein Schatten auf mich fällt.

„Wieso hast du ‚Tür frei' gesagt?"

„Hast du dich verletzt? Tut dir was weh, Roxy?"

„Darum geht's nicht." Nolan wirkt aufrichtig besorgt, doch das macht es nicht besser. „Isabella hätte in diesem Moment nicht reinkommen dürfen! Du weißt, wie Saphir auf sie reagiert! Wieso hast du das zugelassen?"

Nolan stöhnt leise auf und lehnt sich mir gegenüber an die Boxentür von Jakob, der mit hängender Unterlippe döst und nur ab und zu mit dem Schweif nach einer Fliege schlägt.

„Gewohnheit", bekennt Nolan schließlich schulterzuckend. „Sorry, Roxy, das hat sich halt so in mir eingebrannt. Wenn Isabella ‚Tür frei?' ruft, sage ich ‚Ist frei', denn so war es bisher immer, wir hatten noch kein Pferd im Stall, das ..." Ausweichend bricht er ab. Ja, ihr hattet noch kein solches Pferd hier und auch noch keinen solchen Menschen. „Merkst du nicht, dass er immer gefährlicher wird?"

„Ja, weil er sich nicht wohlfühlt – wie oft soll ich dir das noch sagen!", entgegne ich so aufbrausend, dass Jakob den Kopf hebt. „Guck ihn dir doch mal an – er webt! Ununterbrochen!"

Schweigend mustert Nolan Saphir, während ich schon nach wenigen Sekunden wieder wegschauen muss. Ich kann nicht mehr länger auf eine günstige Gelegenheit warten, um Nolan zu sagen, was seit Tagen auf meiner Seele brennt. Günstige Gelegenheiten gibt es in diesem Stall nicht viele und ich kann mir Saphirs Verzweiflungstanz nicht länger anschauen.

„Es gibt da einen Offenstall, in Werlheim. Die haben noch Plätze frei. Wir könnten fragen, ob sie ihn aufnehmen."

„Bitte was ...?" Nolan schaut mich so ungläubig an, als hätte ich ihm vorgeschlagen, Saphir morgen mit einer Raumkapsel auf den Mond zu schießen. Mein Atem fühlt sich heiß und meine Brust eng an, als ich seinen Blick erwidere.

„Offenstall." Ich deute auf Saphir, dabei ist doch längst klar, dass wir über ihn sprechen – und über mich. Denn auch ich muss hier weg. „Die White Wing Ranch. Dort sind noch Plätze frei. Hab ich im Internet gelesen, eBay Kleinanzeigen.“ Das stimmt nicht ganz. Mit meiner Leseschwäche hätte es Tage gedauert, eine solche Information zu finden. Larissa hat das für mich recherchiert und mir bereitwillig alles vorgelesen, was sie über diesen Stall gefunden hat. Viel war es nicht. Ich weiß nur, dass er privat betrieben wird, es eine Herde gibt und die Pferde im Sommer ausschließlich auf den Weiden sind. Robusthaltung. Ganz so, wie ich es mir für Saphir wünsche.

„Nie gehört“, erwidert Nolan nach einer fassungslosen Pause so hart, dass ich zusammenzucke. „Roxy, wie kommst du auf solche Ideen? Mensch, Saphir ist ein Vollblut von der Rennbahn, hast du dir mal seine Beine angeschaut? Den kannst du doch nicht auf eine Weide stellen, das ... das geht nicht!“

„Ich weiß nicht, was ihr über Pferde denkt, aber sie können über Wiesen laufen! Sogar über Steppen und Geröllfelder und Gebirgspfade! Warum soll das bitte nicht gehen?“

„Weil er ...“ Nolan schaut gereizt an die Decke. „Der bricht sich dort die Beine, und das Leben in der Herde kennt er doch gar nicht!“

„Dann lernt er es eben kennen! Die passenden Instinkte werden ja wohl noch vorhanden sein.“

„Nein, Roxy, das haut nicht hin, schlag es dir aus dem Kopf! Es gibt tausend gute Gründe, die dagegensprechen! Ich habe meine Pferde außerdem hier stehen, ich kann sie nicht auf mehrere Ställe verteilen, und Isabella wird so einem Schritt niemals zustimmen …"

„Saphir ist dein Pferd. Nicht ihres", unterbreche ich ihn fauchend.

„Ja, und ich habe ihn unter der Voraussetzung gekauft, dass ich ihn für sie ausbilde, nur deshalb konnte ich das überhaupt tun! Das weißt du doch!"

Nolan fährt sich mit beiden Händen durch seinen hellbraunen Wuschelschopf und tritt ein paar Schritte zurück, als hätte er Angst, ich würde ihn jeden Moment angreifen. „Offenstall, echt … Hast du nur eine blasse Ahnung, was das bedeutet? Und was für Schlammgruben die meisten Offenställe sind? Wie unprofessionell und schlecht organisiert? Und da soll ich ein arabisches Vollblut hinstellen?"

„Vor Kurzem wolltet ihr ihn noch töten. Da hat euch seine Abstammung auch nicht gejuckt."

„Es hat mich wohl gejuckt, aber … Nein, Roxy, ich denke gar nicht erst darüber nach, das bringt mich in Teufels Küche, ganz abgesehen davon, dass ich gar keine Zeit dafür habe, mich um Pferde in verschiedenen Ställen zu kümmern! Mein Dad wird das außerdem niemals erlauben …"

„Er muss es dir gar nicht erlauben“, falle ich Nolan erneut ins Wort. „Du bist volljährig, du kannst deine Pferde unterbringen, wo du willst.“

„Nein, das kann ich eben nicht!“ So laut habe ich Nolan noch nie erlebt und es gefällt mir ganz und gar nicht. Ich habe mit Gegenwehr gerechnet, ja, doch jetzt schreien wir uns an. Das ist kein Gespräch mehr, das ist Krieg. „Vor allem kann ich ihn Isabella nicht wegnehmen, das ...“

„Mann, sie wollte ihn einschläfern lassen! Sie wollte ihn sich selbst wegnehmen!“ Okay, nun brülle ich. Ich hasse es, weil es die Pferde erschreckt, aber meine Nerven liegen blank und es ist mir gleichgültig, ob uns jemand von den anderen hören kann. „Er war ihr lieber tot als so, wie er nun mal ist, und sie hat sich von ihrem Daddy schon längst ein anderes Pferd schenken lassen! Saphir lebt noch, weil *ich* mich für ihn eingesetzt habe, aber es geht ihm in diesem Stall nicht gut! Er muss hier raus!“

„Aber nicht in irgendeinen Offenstall, der zufällig noch ein paar Plätze frei hat! Roxy, du hast echt keine Ahnung, was das bedeutet. Im Sommer, ja, da ist das vielleicht noch romantisch, die Pferde stehen zusammen auf der Weide, toll, wie schön, aber spätestens im Herbst sind sie allesamt zu fett und bekommen Reheschübe oder Koliken, und wenn die ersten Winterwochen ins Land gezogen sind, versinken sie bis zu den Knien im Matsch ... und ihre Besitzer dazu ..." Nolan wirft die Arme in die Luft und lacht lautlos auf – aber ohne jeden Humor. „Die stehen dann bei uns vor der Tür und betteln uns an, ihnen eine Box frei zu machen, nur für den Winter, weil sie mit den Nerven am Ende sind und ihre Pferde dauerkrank. Hab ich alles schon erlebt! Vor zwei Jahren hat eine Frau meinem Dad ihr altes Tafelsilber angeboten, weil sie sich eine Box nicht leisten konnte und dringend einen trockenen Platz für ihr Pferd brauchte ... die hat geheult wie ein Schlosshund und war seit Wochen erkältet, weil sie ständig im Regen die Paddocks abäppeln musste!"

„Und, habt ihr ihrem Pferd eine Box gegeben?", erkundige ich mich kühl.

„Nein."

„Kein Kommentar." Ich erhebe mich unter Schmerzen – meine Hüfte brennt inzwischen wie Feuer –, lasse Nolan in der Stallgasse stehen und marschiere rüber zu den Spinden, um meine Sachen herauszuholen. Und zwar alle. Ich habe hier nichts mehr verloren. Doch er läuft mir hinterher.

„Roxy, du musst das verstehen, es geht nun mal nicht! Einen Haflinger oder Isländer, okay, den kannst du in so einem Stall vielleicht halten, aber ein Pferd wie Saphir – nein! Das ist mein letztes Wort!"

„Dann lässt du ihn also weiter weben, weil er es anders in seiner Box nicht aushält? Und ich muss ihn weiterhin reiten, obwohl weder er noch ich das wollen, aber tun müssen, weil die Halle nun mal eine Reithalle ist und nicht zum Spielen da?“ Genau das hat Lydia gestern vor versammelter Mannschaft zu mir gesagt und mir verboten, mich mit Saphir frei in der Halle zu bewegen – ich würde damit andere Reiter gefährden und das Training blockieren. Das Gestüt sei schließlich kein Kindergarten, sondern ein Leistungszentrum. „Ich muss nach eurer Pfeife tanzen, bis Saphir vollkommen verhaltensgestört ist und ich mir alle Knochen gebrochen habe? Echt, ist es das, was du willst?“

Nolans Augen werden weicher, als er mich anschaut, die Hände wie zur Verteidigung erhoben, doch sein Blick bleibt verschlossen.

„Nein, das will ich nicht. Du bist frei zu gehen, wenn du dieses Gestüt so sehr hasst, aber Saphir muss bleiben.“

„Leck mich am Arsch, Nolan Hilbert.“

Mit dem Rucksack auf meinem Rücken schieße ich an ihm vorbei und dem Ausgang entgegen. Mich von Saphir zu verabschieden, ergibt keinen Sinn mehr. Er ist in seine eigene, verworrene Traumwelt entrückt, die Augen glasig, er nimmt mich gar nicht wahr. Selbst wenn ich ihn ansprechen würde – er würde nicht aufhören, zu weben, und ich möchte ihn nicht zwingen, aus dieser Welt aufzuwachen. So streiche ich Lady im Vorbeigehen nur kurz über ihre samtigen Nüstern, drücke dem lieben, alten Jakob auf Zehenspitzen einen Kuss auf die Nüstern und fahre Torero mit den Fingern über den Hals. Saphir habe ich längst verloren, doch auch der Abschied von Nolans Turnierpferden ist wie ein Stich in meinem Herzen, als ich ohne einen Blick zurück der Bushaltestelle entgegenrenne.

Nolan ruft mir nicht hinterher – wozu auch? Es ist alles gesagt. Von meiner Seite sowieso. Trotzdem wird mir erst im Bus klar, was eben eigentlich geschehen ist.

Ich habe endgültig hingeschmissen. Sie haben es tatsächlich geschafft, ich verlasse das Gestüt, aus eigenem Entschluss und im Streit mit dem einzigen Menschen, der dort immer hinter mir gestanden hat. Doch er hat es nicht überzeugt genug getan.

Saphirs Freikauf war ein Deal, der ihn nur noch stärker an seinen Vater und die Hohensteins gebunden hat, als er es ohnehin schon ist. Und sie wussten das. Sie wussten, dass es so kommen würde und ich bei ihnen dauerhaft keinen Fuß auf den Boden kriege.

Ich lache kalt auf, als ich begreife, dass ich das wörtlich nehmen kann. Sie haben mir verboten, mit Saphir vom Boden aus zusammen zu sein; ich wurde gezwungen, ihn zu reiten – etwas, das ich gar nicht kann, obwohl Nolan ständig beteuert hat, wie talentiert ich darin sei. Ja, ich durfte meine Füße nicht auf ihren Boden setzen.

Ich fühle mich so leer und ohnmächtig, dass selbst meine Sorge um Saphir in den Hintergrund rückt. So schnell ist also Nolans Grenze erreicht? Bei einem Umzug in den Offenstall steigt er aus? Was war unsere Verbindung überhaupt wert, wenn sie nur in seinem Revier existieren kann, einem versnobten Spießer-Club von vorvorgestern, in dem lediglich willkommen ist, wer mit Geld um sich werfen kann und Pferde als Sportgeräte betrachtet?

Während ich im Bus sitze und blind nach draußen starre, in eine aufblühende Sommerwelt, deren Schönheit mich nicht berühren kann, breitet sich eine altvertraute, vernichtende Kälte in mir aus. Lange habe ich sie nicht mehr gespürt, doch nun begrüße ich sie wie einen langjährigen Freund, der sich nur eine Weile vor mir versteckt und auf den richtigen Moment gelauert hat, um zu mir zurückzukehren.

Mit zäh schlagendem Herzen heiße ich ihn willkommen und warte darauf, dass er endlich alles Lebendige, Warme, Fühlende in mir abtötet.

VATER-TOCHTER-GESPRÄCH

„Nicht so schnell, Roxy ... He, hiergeblieben!“ Steffen erwischt den Zipfel meiner Kapuze und hält sie mit zwei Fingern fest, sodass ich gezwungen bin, direkt vor seiner geöffneten Bürotür stehen zu bleiben. Moses liegt lang ausgestreckt unter dem Schreibtisch und klopft freudig mit dem Schwanz auf die alten Holzdielen, als er mich sieht.

„Was ist?“, frage ich unwirsch, ohne Steffen anzuschauen.

„Wir müssen reden. Jetzt.“

Nein, auf keinen Fall jetzt. Das geht nicht. Ausgeschlossen.

„Ich bin müde. Will mich nur noch hinlegen und ...“ Sein prüfender Blick lässt mich stocken. Verdammt, ich kann ihn nicht täuschen. Er kennt mich zu gut, um zu übersehen, dass etwas passiert ist, was mich um Jahre zurückwirft.

„Roxy? Was ist los?“

„Ich will nicht drüber sprechen." Meine Stimme klingt genauso frostig, wie ich mich fühle.

„Okay, Schluss mit den Spielchen. Komm rein, das ist nichts für den Flur." Ja, unser Flur hat Ohren – erst recht, seitdem Larissa weiß, dass ich mit Nolan Hilbert zu tun habe. Ich bin ein hochinteressantes Objekt für sie geworden, und wenn es um ihn geht, vergisst sie sogar ihre ewige Kalorienzählerei. „Also, was ist passiert?"

Ach, er wird es ja doch herausfinden. Es ist schließlich auffällig, wenn ich von nun an wieder jeden Abend in meinem Zimmer sitze und fernsehe.

„Ich hab gekündigt."

Dieser Satz ist eine sehr beschönigende Umschreibung für mein „Leck mich am Arsch", aber im Ergebnis ist es das Gleiche. Das wird Nolan sich nicht ein zweites Mal sagen lassen.

„Oh. Okay." Steffen atmet lautstark aus und lässt sich in seinen quietschenden Chefsessel fallen. Besonders überrascht wirkt er nicht – vermutlich hat er nur auf diesen Tag gewartet, wie alle um mich herum. „Die haben dich geärgert, oder?"

„Geärgert ...", wiederhole ich dumpf. Nein, dagegen hätte ich mich wehren können. Die haben mich nicht geärgert, die haben mich einfach nur auflaufen lassen. „Ich will da nicht mehr hin."

„Und was ist mit dem Pferd, das du so gemocht hast? Das Nolan zusammen mit dir gerettet hat, dieses Vollblut?" Ich kann Steffens Widerwillen deutlich hören, als er Nolans Namen ausspricht. Er war von Beginn an dagegen gewesen, dass ich für Nolan Hilbert arbeite. Auch das habe ich mir erkämpfen müssen – um am Ende doch zu verlieren.

„Er ... Saphir muss da raus ... und ... das wollen die nicht."

„Aha." Steffen kapiert nichts. Er hat keine Ahnung von Pferden. Für ihn sind es einigermaßen schön anzusehende Tiere mit vier langen Beinen, die schnell laufen können. Und ich habe keinen Nerv, ihm zu erklären, dass man sie nicht in Boxen sperren darf. Laut Nolan hab ich ja außerdem ebenfalls keine Ahnung davon. „Oder hat es mit Nolan zu tun?", hakt er betont beiläufig nach.

„Nein, hat es nicht!" Widerstrebend setze ich mich auf den Besucherstuhl. Oh, und wie es das hat. Nolan ist der Einzige, der die Situation wenden könnte. Aber er war für Steffen von Anfang an ein rotes Tuch. Weil ihm klar war, dass sie es mir auf dem Gestüt nicht leicht machen und niemals dauerhaft zulassen würden, dass ich mich mit dem erfolgreichsten und wohlhabendsten Reiter des gesamten Stalls anfreunde.

„Magst du ihn?"

Schweigend starre ich an Steffen vorbei. Im Moment hasse ich Nolan. Aber ich hatte damit angefangen, ihn zu mögen. So was in der Art zumindest. Er hat nie auf mich hinabgesehen – bis heute. Heute hat er mich das erste Mal wie ein dummes, unwissendes Kind behandelt. Damit ist er für mich gestorben. Über ihn zu sprechen, ist reine Zeitverschwendung.

„Kann ich jetzt gehen?", frage ich nach einer langen, unangenehmen Pause, in der Steffen nicht aufgehört hat, mich mit Blicken zu durchforsten, als könnte er irgendwo in meinem Gesicht die Wahrheit finden.

„Nein."

„Nein? Warum nicht?"

„Roxy, ich weiß, dass es mit Sicherheit nicht der richtige Zeitpunkt für dich ist, aber wir müssen über das Thema zwischen Diana und mir sprechen, das du leider zufällig in der Waschküche mitbekommen hast. Seit Wochen weichst du mir aus, und Diana hat mir eine Frist gesetzt. Sie endet heute!"

„Wow. Die hat dich ja ganz schön im Griff", entgegne ich spöttisch, obwohl meine Nackenmuskeln vor Anspannung zu schmerzen beginnen. Er hat recht, einen falscheren Zeitpunkt als diesen gibt es für ein solches Gespräch nicht. Andererseits wird es den richtigen wohl nie geben. „Wieso weiß sie überhaupt davon?"

„Na, sie ist ja nicht blöde. Sie hat gemerkt, dass du

dich wieder zurückziehst, auch vor mir, und wollte wissen, ob ich den Grund dafür kenne. Also hab ich es ihr gesagt. Anschließend hat sie mir das Messer auf die Brust gesetzt."

Oh ja, das kann sie sicher gut. Macht immer einen auf sanft und lieb und grenzenlos verständnisvoll. Aber bei Steffen versteht sie keinen Spaß, das habe ich hören können, als ich die beiden beim Wäscheaufhängen belauscht habe.

„Und was passiert, wenn wir nicht reden? Kannst mich ja nicht zwingen, oder?"

„Nein, das kann ich nicht", entgegnet Steffen gelassen, doch ich sehe, dass seine Hände leicht zittern, als er seine Kaffeetasse zu sich zieht. „Das heißt aber nicht, dass ich es nicht versuche. Das muss ich, Fledermaus. Oder willst du, dass ich versetzt werde? Es gibt viele Dianas da draußen, glaub mir. Willst du noch eine hier haben?"

Um Himmels willen, nein, das will ich nicht. Aber erpressen lassen möchte ich mich auch nicht.

„Ich kann nichts dafür, dass ich euch gehört habe." Und erfahren habe, dass Steffen mich gerne adoptieren möchte. Jedenfalls hat er es angedeutet – und ab da sind meine Gedanken Amok gelaufen. Das Thema Familie ist für mich abgehakt, und er weiß das. Warum redet er dann so einen Mist?

„Richtig, das war unser Fehler, aber es ist nun mal geschehen, ich kann es nicht mehr ändern, Herrgott, also lass uns drüber sprechen! Stell mir Fragen, Roxy! Frag mich, was du dazu wissen willst, bitte!“

Verdutzt schaue ich zu ihm auf. Er wirkt blass unter seinem dunklen Dreitagebart und irgendwie hat er sich zu viel Gel in seine stacheligen Haare geklatscht, an deren Schläfen das erste Weiß aufblitzt wie kleine, drahtige Silberfäden. Ich soll ihm Fragen stellen? Es geht also gar nicht darum, dass er mich ausfragt, sondern es ist umgekehrt? Das kenne ich nicht. Sonst bin ich immer diejenige, die gelöchert wird.

„Ja, Roxy. Frag du mich, was dir dazu auf dem Herzen liegt. Ich antworte, so gut ich kann.“

Das ist neu – so neu, dass ich mich beinahe unbehaglich fühle. Ich will Steffen nicht in die Enge treiben, denn das habe ich oft genug selbst erlebt und weiß, wie mies man sich dann fühlt. Aber sollte ich die Chance nicht genau deshalb nutzen und ein Mal in meinem Leben auf die andere Seite treten?

„Kannst du es tun, ohne dass ich ... einverstanden bin?“

„Was – dich adoptieren?“ Steffens Augen weiten sich erstaunt.

„Ja. Bisher war das so. Das haben immer andere für mich entschieden.“

„Himmel ...“ Steffen nimmt einen großen Schluck Kaffee und wischt sich mit dem Handrücken über den Mund, weil er versehentlich gesabbert hat. Er ist genauso nervös wie ich. „Nein, natürlich nicht! Ohne dein Einverständnis ginge gar nichts, überhaupt nichts! Und selbst wenn es ginge, ich würde es nicht wollen ohne dein Ja!“

„Also kann mich niemand dazu zwingen?“

„Nein! Du bist über vierzehn, da kann und darf das niemand für dich entscheiden, schon gar nicht nach dem, was du erlebt hast. Was hätte ich außerdem davon? Nichts! Mensch, Roxy ...“ Seufzend greift er nach einer Zigarette und lässt sie durch seine Finger wandern, ohne sie anzuzünden. „Es besteht ohnehin nur eine kleine Chance. Du weißt um meine Vergangenheit, außerdem bin ich nicht verheiratet, es gäbe keine Stiefgeschwister. Du wärst viel alleine. Alles nicht unbedingt Pluspunkte, wenn du mich fragst.“ Für mich schon. Ja, eigentlich wäre das ideal für mich. Aber mein Vater wäre Steffen. Er dürfte es nicht versauen. Ich vertraue niemandem so sehr wie ihm, und wenn er es versauen würde wie die anderen vor ihm, dann ... dann habe ich gar keinen Menschen mehr. Lieber keinen Vater als einen, den ich wirklich mag und der dann Scheiße baut.

„Warum?“, frage ich etwas mutiger. „Warum willst

du das eigentlich tun? Oder war das nur so dahergesagt?“

„Nein, das war es nicht“, antwortet Steffen bestimmt. „Ich mag dich, Roxy. Du fühlst dich für mich vertraut an. Ich glaube, wir kämen miteinander aus und ... Shit, ich kann es nicht mal richtig begründen.“

Es sind gute Begründungen – und gleichzeitig machen sie mir Angst. Wie meint er das: Er mag mich? Ich fühle mich für ihn vertraut an? Arndt mochte mich auch. So sehr, dass er ...

„Nicht das, Roxy! Niemals!“ Steffen springt auf, reißt das Fenster auf und zündet sich seine Zigarette an, um einen tiefen Zug zu inhalieren, sie sofort wieder auszudrücken und sich zurück auf den Stuhl plumpsen zu lassen. „Okay, neuer Versuch. Ich sehe mich eher als Vater, der dich beschützt, für dich da ist, wenn es mal krumm läuft, ich möchte dafür sorgen, dass du einigermaßen gut durchs Leben kommst, solange du mich lässt, dir falsche Geburtstagsgeschenke kaufen und an Weihnachten etwas Schreckliches zu essen kochen, in einem richtigen Zuhause, wo du nicht immer um alles kämpfen musst und endlich ankommen kannst ... ohne eingesperrt zu sein, verstehst du? Ergibt das irgendwie Sinn?“

Ich bin nicht fähig, etwas zu erwidern. Was Steffen sagt, ergibt so viel Sinn, dass meine Kehle eng wird, und gleichzeitig schreit die Angst so laut in mir, dass sie seine Worte zu übertönen droht. Sie haben die Kälte aus mir verjagt, in die ich mich vorhin noch so dankbar eingehüllt hatte. Ja, seine Worte wecken Sehnsucht in mir; Sehnsucht nach einem anderen Leben, das mir vielleicht die Möglichkeit gegeben hätte, in einem Gestüt wie dem Kastanien-Hof bleiben zu können ... Ein Leben, in dem ich vielleicht niemals straffällig geworden wäre ... und besser lesen und schreiben könnte als jetzt ... Doch dafür ist es zu spät.

„Roxy? Sag doch bitte mal was."

„Ich ... ich weiß nicht. Weiß nicht, was ich sagen soll", stottere ich.

Steffen schließt kurz die Augen, um mich dann wieder anzusehen. „Mir sind die Hände gebunden, ständig. Vieles darf ich nicht tun, was ich gerne tun würde, und ich muss andere Dinge durchsetzen, die ich eigentlich nicht durchsetzen will. Wir sind hier unfrei, du und ich."

Ja, das verstehe ich. Ich verstehe es so sehr. Der Quellenhof gibt mir, was ich zum Leben brauche. Ein Dach über dem Kopf, Essen, Kleidung, ich kann die Schule besuchen. Aber ich bin in dieser WG gefangen wie Saphir in seiner Box, und auch für Steffen gibt es tausend Regeln, an die er sich halten muss. Er darf mich ja nicht einmal umarmen – was ich zwar gar nicht will, aber

Fakt ist: Er darf es nicht. Selbst väterliche Gefühle darf er nicht haben. Und doch hat er sie. Regeln hin oder her. „Aber ich verstehe und akzeptiere es, wenn du Nein sagst und keinen dritten Versuch unternehmen willst. Eigentlich hast du das ja auch schon getan."

Stimmt, das habe ich. Ich habe ihm mitten ins Gesicht geschrien, dass ich ihn nicht als Vater haben will, in dieser verrückten Nacht, als Saphir sterben sollte. Es ist aus mir herausgebrochen, dieses Nein, als sei es die einzige Wahrheit, die in mir haust. Doch dahinter verbirgt sich ein scheues, kleines Ja, das ich spätestens jetzt nicht mehr überhören kann.

„Was wäre denn eigentlich, wenn ich zustimmen würde? Wie würde das ablaufen?" Ich versuche, so unbeteiligt wie möglich zu klingen.

„Hm. Ich müsste die Adoption beantragen und dann würden die Kollegen beim Jugendamt überprüfen, ob ich dazu geeignet bin und bei mir der passende Platz für dich ist. Dass ich hier dein Betreuer bin, kann dagegen, aber auch dafür sprechen – das hängt vom Sachbearbeiter ab. Für die einen ist es ein No-Go, für die anderen ein Pluspunkt, weil wir uns ja schon kennen."

„Wie lange dauert so was? Ein paar Tage?"

Steffen prustet belustigt. „Monate. Manchmal sogar Jahre. Ein halbes Jahr wäre ungewöhnlich schnell. Und danach gibt es meistens eine Eingewöhnungsphase, und erst wenn die erfolgreich läuft, findet die richtige Adoption statt."

„Okay." Ich gebe mir alle Mühe, nüchtern und emotionslos zu wirken, obwohl mein Atem immer schneller geht. „Angenommen, ich würde Ja sagen und die vom Amt würden ... na, sie würden ebenfalls Ja sagen ... könnte ich dann immer noch Nein sagen?"

Steffen unterdrückt ein Grinsen. „Du meinst, dich kurzfristig anders zu entscheiden?"

„Ja, genau."

„Klar kannst du das. Sogar noch nach der Eingewöhnungsphase. Dafür ist sie ja da. Wie gesagt – ohne dein Einverständnis geht nichts."

Wieder verfalle ich in Schweigen. Ich habe nicht damit gerechnet, dass ich bei dieser Sache am längeren Hebel sitze. Dass alles von meinem Einverständnis abhängt und Steffen ohne es gar nichts machen kann. Trotzdem kann ich mich nicht dazu durchringen. Ich schaffe das einfach noch nicht, es ist zu viel auf einmal, und noch nie haben wir so ein Gespräch wie jetzt geführt – ein Gespräch, das sich ganz anders anfühlt als die vorgeschriebenen Wochengespräche und die von mir so verhassten Pizza-Abende unter Dianas weichgespülter Diktatur. Das war eben alles ganz weit weg. Steffen hat sich sogar in seinem Büro eine Zigarette angezündet. Das hat er sich bisher immer verkniffen. Eigentlich will er seit Monaten mit dem Rauchen aufhören.

„Wir können es versuchen, Roxy. Wie ich schon sagte – ich glaube nicht, dass es einfach wird."

Ich auch nicht. Steffen hat wie ich auf der Straße gelebt – und er hat es länger als ich getan, hat damals sogar schwer getrunken und mehrere Entzüge hinter sich gebracht, bis er doch noch sein Studium beendet hat, mit guten Noten, und ins normale Leben zurückgekehrt ist. Andererseits hat er während seiner Zeit in Berlin so viele Jugendliche von der Straße geholt, dass er letztes Jahr sogar mit einem Preis dafür ausgezeichnet wurde. Danach wurde er in den Quellenhof versetzt, als Co-Leiter eines Vorzeige-Pilotprojekts für betreutes Wohnen. Alleine ihm habe ich es zu verdanken, dass ich hier gelandet bin. Denn es war gar nicht mehr seine Aufgabe gewesen, Kinder von der Straße zu holen. Trotzdem hat er mich in den Quellenhof gebracht und dafür gekämpft, dass ich bleiben durfte. Ohne ihn würde ich jetzt wahrscheinlich auch an der Flasche hängen. Eigentlich ist er für mich schon immer über Grenzen gegangen. Wie ich für Saphir.

„Kann ich darüber nachdenken?"

Ich schaffe das noch nicht. Nicht jetzt, wo gerade all die Gefühle zurückkehren, die ich vorhin noch in meinem inneren Trockeneisnebel versenkt habe. Ich will nicht aus Schwäche Ja sagen und es dann bitter bereuen, weil ich in eine neue Falle getappt bin.

„Solange du willst, Fledermaus."

„Also darf ich jetzt auf mein Zimmer?" Oh Mann. Irgendwie hört sich das schon nach einem echten Vater-Tochter-Dialog an – aber nicht nach einem sehr verlockenden. Steffen weist nur stumm auf die Tür. Sein Gesicht hat wieder etwas Farbe bekommen, aber er sieht müde aus – und kann es wahrscheinlich kaum erwarten, seine Kippe fertig zu rauchen.

Ich würde auch gerne etwas tun, an dem ich mich festhalten kann, als ich in meinem Zimmer auf dem Bett liege und das Gefühl habe, endlos zu fallen. Etwas, das mich beruhigt und betäubt und mich vergessen lässt.

Aber das gibt es nicht.

Saphir und Nolan sind aus meinem Leben verschwunden, als wären sie nie da gewesen.

Ein flüchtiger Traum, das Aufwachen vorprogrammiert.

Wir hatten nie eine echte Chance.

Doch ich weiß jetzt schon, dass ich ihnen jede Nacht begegnen werde.

GETEILTES HALBES LEID

Ich bin so wach, dass jeder Irrtum ausgeschlossen ist. Es hat an unserer Tür geklingelt; kurz, aber unüberhörbar. Schon die zweite Nacht finde ich keinen Schlaf, obwohl ich tagsüber so müde bin, dass jede Bewegung schwerfällt und selbst das Essen mühsam wird. Doch sobald ich mich hinlege und das Licht lösche, ist es, als würde es in mir noch brennen und sein heller Schein mich jede Sekunde zu permanenter Aufmerksamkeit ermahnen. Ich nehme selbst das leiseste Geräusch wahr, ein Knacken in den Bodendielen, das Klicken von Larissas Lichtschalter, das Summen des Kühlschranks, das Aufflammen von Steffens Feuerzeug, wenn er im Garten eine raucht.

Doch in der vergangenen halben Stunde ist es totenstill gewesen. Die anderen schlafen bereits, Steffen hat sich nach unten ins Bereitschaftszimmer verzogen. Mein Herz beginnt zu rasen, als ich meinen Kopf drehe und auf meinen Wecker schaue. Es geht auf Mitternacht zu und jemand hat an unserer Tür geklingelt. Ich kann nicht hier liegen bleiben und so tun, als hätte ich das nicht mitbekommen.

Larissa und ich öffnen zeitgleich unsere Zimmertüren und stehen uns fragend gegenüber, sie in einem kurzen, dünnen Nachthemd mit rosa Sternchen, ich in meiner grauen, weichen Schlabberhose und meinem schwarzen Tanktop, doch wir sind beide gleich verwirrt.

„Es hat geklingelt!", wispert sie mit großen Augen und deutet den Flur hinunter.

„Ich weiß. – Und jetzt? Gibt es dafür eine Regel?"

Larissa zuckt mit ihren dürren Schultern und auch ich bin ratlos. Wir haben für fast alles Regeln, aber nicht für den Fall, dass es zu Unzeiten an der Tür läutet und unser Betreuer schon schläft. Natürlich dürfen wir nachts keinen Besuch bekommen und selbst nachmittags muss jeder Gast im Voraus angemeldet und genehmigt werden. Schließlich sind wir nur so gut wie die Menschen, mit denen wir uns umgeben, wie Diana immer betont. Da ich keine Freunde habe, hat mich diese Regel nie großartig interessiert, während Clemens Steffen und Diana deshalb so manches Mal aufs Dach gestiegen ist. Doch er scheint im Koma zu liegen. Hinter seiner Tür bleibt es ruhig.

„Neue Pillen", erklärt Larissa flüsternd, als habe sie meine Gedanken gelesen. „Der wacht nicht auf."

Seit seinen Drogenexzessen hat Clemens massive Schlafprobleme. Das viele Ecstasy muss irgendeinen Botenstoff in seinem Hirn gekillt haben. Genau hab ich es nicht verstanden, aber anscheinend kann er ohne Hilfe nicht ein- und schon gar nicht durchschlafen.

Wieder schallt die Türklingel durch die stille, dunkle Wohnung. Larissa und ich zucken gleichzeitig zusammen, unsere Augen wieder in den Flur gerichtet.

„Ich schau nach. Von Steffens Büro aus kann man den Eingang sehen", beschließe ich, weil mir das tatenlose Rumstehen zu blöde wird. Im Notfall kann ich Steffen immer noch aufwecken.

„Okay, ich komm mit!"

Auf nackten Füßen huschen wir wie zwei Nachtgespenster, die in grundverschiedenen Reichen zu Hause sind, den Korridor hinunter. Die Tür zu Steffens Büro ist zwar zu, aber nicht verschlossen. Ich tapse im Dunkeln zum Fenster und schaue nach draußen. Einen Menschen sehe ich nicht – er muss sich direkt vor unserer Tür befinden. Doch es steht eine Vespa auf der Straße. Knallrot. Mit Extra-Ausstattung und blitzendem Chrom überall. Ich glaube nicht, dass es eine solche Vespa ein zweites Mal in dieser Stadt gibt.

„Was ist?", zischt Larissa nervös, weil ich immer noch auf die Straße starre. „Ist das einer von Clemens' Dealern?"

„Quatsch", gebe ich halblaut zurück. „Ist wohl für mich."

„Für dich?" Larissa blinzelt mich mit offenem Mund an. „Wieso denn für dich?"

„Keine Ahnung", antworte ich ehrlich. Wenn das wirklich Nolans Vespa ist und er mitten in der Nacht bei einer sozialpädagogischen WG für schwer erziehbare, suchtkranke Jugendliche klingelt, muss es dafür einen triftigen Grund geben. „Ich werde es herausfinden müssen."

„Ich glaub nicht, dass wir das dürfen!" Larissa zupft hektisch an meinem nackten Arm. Ruppig ziehe ich ihn ihr weg, ihre Fingerspitzen sind eiskalt.

„Ich kann ihn ja schlecht da draußen stehen lassen!"

Oh doch, das könnte ich und es geschähe ihm recht. Aber ich will es nicht.

„Ich weiß von nichts." Larissa hebt ihre dünnen Arme und geht ein paar Schritte rückwärts, wobei sich das Nachthemd aufbauscht. Sie sieht aus wie eine rosa Vogelscheuche. „Ich hab nix gehört und nix gesehen, Roxy. Bau deinen Mist alleine."

„Kein Thema", gebe ich zurück. „Ist ja nichts Neues."

Ich weiß nicht, was Steffen sich in die Ohren gestopft hat, aber anscheinend schläft er ebenso komatös wie Clemens, und ich muss zumindest erfahren, was Nolan von mir will – und das, bevor er aufgibt und wieder davonfährt. Sicherheitshalber mache ich das Licht im Flur an, damit es durch die Oberfenster der Eingangstür nach draußen scheint und Nolan sieht, dass jemand wach geworden ist, warte aber noch, bis Larissa in ihrem Zimmer verschwunden ist.

Meine Hand liegt schon auf der Klinke, als mir bewusst wird, wie ich aussehe – meine Haare noch zerzauster und chaotischer als sonst und in einem Aufzug, mit dem ich tatsächlich als verlotterter Gruft-Vampir zu einer Faschingsparty gehen könnte. Doch daran kann ich jetzt nichts mehr ändern. Zögernd öffne ich die Tür, nur einen Spaltbreit. Nolan wollte sich gerade zum Gehen wenden und erstarrt mitten in der Bewegung.

„Falls du denkst, du kannst mitten in der Nacht hier auftauchen und mich in Schwierigkeiten ..."

Als er sich zu mir umdreht, ersterben meine Worte und ich vergesse meine Wut, als sei sie pure Einbildung gewesen – ein dummes Versehen, mehr nicht. Wie von selbst öffnet sich die Tür ganz. Nolans Lider sind dunkelrot und geschwollen und seine Wangen schimmern bläulich. Die Falte zwischen seinen Augenbrauen gräbt sich tief in seine Stirn, doch vor allem ist es sein Blick, der mich lähmt und meinen empörten Stolz innerhalb von Sekunden in sich zusammenstürzen lässt. Es muss etwas Schreckliches passiert sein.

„Nolan ... Was ... was ist los?“, höre ich mich stammeln. Ob es etwas mit Saphir zu tun hat? Haben sie ihn nun etwa doch eingeschläfert? Aber würde das Nolan so fertig machen? Trotzdem springt mich die Panik an und nimmt mir fast den Atem. „Sag doch was, bitte ...“

Mit hängendem Kopf macht Nolan einen taumelnden Schritt auf mich zu und stützt sich mit der rechten Hand am Türrahmen ab, den Kopf hängend. Seine Haare sind feucht und wellen sich stärker als sonst, es hat leicht zu regnen begonnen, und in der Ferne ist sanft ein leises Donnergrollen zu hören. Das erste Gewitter in diesem Jahr. Wortlos trete ich zur Seite und er macht einen weiteren Schritt auf mich zu, immer noch, ohne mich anzusehen. Er atmet dabei so qualvoll ein, dass ich automatisch ebenfalls Luft hole – genauso mühevoll und tief wie er. Langsam fällt die Tür ins Schloss und gleichzeitig erlischt das Licht. Im Dunkeln stehen wir uns gegenüber, schweigend und atmend, bis meine Hand endlich den Schalter findet und ich die Lampe wieder anschalte. Blinzelnd weicht Nolan ihrem grellen Schein aus. Er sieht so elend aus.

„Jakob ... Jakob ist tot.“

„Was?“, sage ich mit tonloser Stimme, und horche entsetzt diesem einen Wort nach, wie es tausendfach in meinen Ohren widerhallt. Tot. Tot, tot, tot ... „Jakob ... er ist ... aber ...“

„Was ist denn hier los?“ Ich bin so geschockt, dass ich nicht reagieren kann, obwohl genügend Zeit bleiben würde, Nolan zurück nach draußen zu schieben und so zu tun, als hätte ich nur einen unliebsamen Besucher abgewimmelt. Doch Nolan und ich bleiben reglos stehen, bis Steffen die Treppe hochgelaufen ist und uns ins Visier nimmt, als seien wir zwei jahrelang gesuchte Schwerverbrecher. Während Nolans Augen am Boden kleben bleiben, wage ich es, Steffen anzuschauen. Er muss gerade eben noch fest geschlafen haben. Sein Gesicht zieren mehrere markante Striemen von seinem Kissen und wie ich trägt er nur ein Unterhemd und eine Art dünne Trainingshose – allerdings ist er in seine schweren Boots geschlüpft und in Kombination mit den Tattoos auf seinen muskulösen Oberarmen wirkt dieses Outfit eher wie das eines Türstehers als eines Sozialpädagogen. Aber es ist auch deutlich zu sehen, wie verwirrt er ist – und dass er sich Sorgen um mich macht, ohne zu wissen, was los ist. „Alles in Ordnung, Roxy? Brauchst du Hilfe? Was macht der hier?“ Mit der Faust gibt er Nolan einen kleinen Stoß gegen die Schulter, der zwar zart ausfällt, Nolan aber beinahe aus dem Gleichgewicht bringt.

„Ja, alles in Ordnung, das ist Nolan ... und ...“ Und was? Ich weiß es selbst nicht, doch ich löse mich aus meiner Starre und schiebe mich zwischen Steffen und Nolan, der apathisch an die Wand stiert. „Kann ich kurz unter vier Augen mit dir sprechen? Geht das?“

Unwillig reißt Steffen seinen Blick von Nolan los und wendet sich mir zu, während Nolan wie ferngesteuert den Flur in Richtung Küche hinabschlurft, als habe ihm jemand befohlen, sich dort hinzusetzen und auf seine Hinrichtung zu warten.

„Hast du ihn etwa herbestellt?“ Steffens Stimme ist tief und kratzig und noch immer wirkt er, als könnte er sich nicht zwischen Zorn und Sorge entscheiden. „Roxy, das geht nicht, das weißt du doch ...“

„Ja, ich weiß, und ich bin genauso überrascht wie du. Ich dachte, ich sehe ihn nie wieder. Aber ihm geht’s nicht gut, sein Pferd ist gestorben.“ Ich bringe es nicht fertig, es anders zu formulieren. Denn ich begreife es nicht. Jakob ... der gute, liebe alte Jakob ist nicht mehr da?

„Was ist denn das für ein Stall, in dem andauernd ein Pferd verreckt?“, raunzt Steffen mich an, als sei ich persönlich daran schuld. „Das ist ja eine Todeszone, kein Gestüt ... Kacke.“ Knurrend fährt er sich über seinen kurz geschorenen Nacken. „Das ist also dieser Nolan Hilbert?“

„Ja“, erwidere ich schlicht. „Das ist er. – Merkst du nicht, wie fertig er ist?“, setze ich hinterher, weil Steffens Gesicht sich wieder verfinstert. Nolan hat sich in die Küche verzogen. Trotzdem kann ich seine Trauer bis hierher fühlen, sie wabert wie kalter, dunkler Nebel durch den Flur, und Steffen kann mir nicht erzählen, dass er das nicht auch spürt.

„Mensch, Roxy, musst du mich immer in so ätzende Situationen bringen? Er kann hier nicht bleiben, das ist gegen die Regeln!"

„Aber er ist gerade erst gekommen! Ich kann ihn jetzt doch nicht rausschmeißen! Außerdem will ich wissen, was passiert ist, ich hab mich schließlich um Jakob gekümmert und ..." Meine Stimme fängt an zu zittern und ich presse eisern die Lippen zusammen. Nicht weinen. Nicht weinen, Roxy, es war nicht dein Pferd. Du hast auf ihm gesessen und mit ihm gespielt, aber du hast versucht, ihn nicht zu sehr zu mögen. Und wenn du jetzt durchdrehst, kannst du Nolan nicht helfen. „Sagt ihr nicht immer, wir sollen für andere Menschen da sein, wenn sie Kummer haben?"

„Aber nicht für einen Nolan Hilbert!", zischt Steffen und sucht in seiner Schlafhose nach einer Zigarette – erfolglos.

„Okay. Ich darf also nur armen Menschen helfen, wenn es ihnen mies geht? Aber ab einem bestimmten Betrag auf dem Bankkonto müssen sie alleine mit ihrem Scheiß klarkommen?"

„Mann, der hat doch genug Freunde und Familie

und ... Leute, die für ihn da sind, warum kommt er zu dir?"

Das ist eine gute Frage und beantworten kann ich sie nicht. Wieso ist Nolan nicht bei Isabella?

„Keine Ahnung, aber er ist nun mal hier und ich will ihn nicht rauswerfen. Nicht, wenn er so drauf ist! Das kann ich nicht, Steffen!"

„Ich tu's gerne für dich. Kein Problem." Steffen wirft einen finsteren Blick in Richtung Küche und rümpft die Nase, als würde Nolan schlecht riechen. „Ein kleiner Tritt in seinen dürren Hintern und er fliegt bis auf die andere Straßenseite."

„Wenn du dich immer so benimmst, sobald ein Junge mich besucht, will ich dich nicht als Vater haben. Das ist mir zu anstrengend."

Steffen macht ein ersticktes Geräusch und drückt seinen Hinterkopf gegen die Wand. „Sorry, ich hab übertrieben. – Trotzdem darf er nicht bleiben."

„Ich will wissen, was mit dem Pferd passiert ist, um das ich mich die vergangenen zwei Monate gekümmert habe."

„Roxy, der heult sich bei dir aus, wenn du gerade mal gut genug für ihn bist und er es reizvoll findet, sich in andere Gesellschaft zu begeben, und morgen lässt er sich dann wieder mit seiner Prinzessin von und zu Hohenstein ablichten und quer durch die Boulevardpresse reichen!", bellt Steffen gereizt und schlägt mit der Faust gegen die Wand. „Und wer weiß, was er sonst noch alles vorhat heute Nacht ..."

„Oh bitte, Steffen, du redest solchen Mist! Was soll er denn in diesem Zustand machen wollen? Wahrscheinlich will er nur reden." Genau das, worin ich nicht gut bin. Aber mit Nolan hat es immer besser geklappt als mit anderen Menschen, auch wenn unser letztes Gespräch in einen handfesten Streit ausgeartet ist.

„Reden." Steffen presst verächtlich die Lippen zusammen, doch ich merke, wie sein Widerstand bröckelt. „Klar, der will nur reden. Das glaubst du ja wohl selbst nicht." Ruckartig löst er sich von der Wand und marschiert mit hämmernden Schritten den Gang hinauf – so schnell, dass ich ihm kaum folgen kann. Er macht erst halt, als er vor Nolan steht und der instinktiv an die Spüle zurückweicht, in der noch das Geschirr von heute Abend stehen geblieben ist. Clemens hat mal wieder seinen Küchendienst geschwänzt.

„Okay, du bist jetzt nun mal hier und ich will niemanden vertreiben, dem es schlecht geht." Steffen nähert sich Nolan, um ihm prüfend ins Gesicht zu sehen. „Aber du rührst sie nicht an und tust ihr nicht weh, ja? Sie hat einiges durchgemacht."

Ich verdrehe lautlos die Augen und wende mich ab. Es ist mir peinlich, wie Steffen über mich redet, doch mir ist auch klar, dass er mich beschützen will, um jeden Preis, denn er ist der Einzige, dem ich erzählt habe, was in meiner letzten Pflegefamilie passiert ist und warum ich abgehauen und auf die Straße gegangen bin. Überall war es besser als dort. Doch Nolan hat keine Ahnung davon. Steffen muss ihm vorkommen wie ein Verrückter. Trotzdem nickt er und hebt beschwichtigend die Arme.

„Ist klar", versichert er und hustet gepresst, als habe er sich vor Schreck verschluckt. „Versprochen, ich rühre sie nicht an."

„Ich nehme dich beim Wort." Noch einmal tippt Steffen Nolan mit seiner Faust an, dieses Mal gegen die Brust; es wirkt wie eine Besiegelung. Dann lässt er von ihm ab, dreht sich zu mir um und deutet mit dem Daumen nach unten. Es ist eine simple Geste, die jedoch alles sagt. Er wird uns überwachen. Kontrollbesuche machen. Keine Sekunde mehr schlafen. Denn er erlaubt uns etwas, was hier eigentlich verboten ist, und es darf auf keinen Fall schiefgehen. Wenn es schiefgeht, war das Steffens letzte Schicht im Quellenhof und ich kann mein Zimmer räumen.

„Scheiße, wie ist der denn drauf ...", murmelt Nolan, als Steffens Schritte endlich verklungen sind und er es wagt, von der Spüle wegzutreten. „Der kann einem ja Angst einjagen."

„Hunde, die bellen, beißen nicht", erwidere ich trocken, obwohl ich mir dessen heute Nacht nicht so sicher bin. „Ist halt mein Betreuer."

„Sieht nicht aus wie einer. – Darf ich?" Nolan deutet fragend auf einen der Stühle an unserem runden Tisch. Ich nicke nur und stelle mich ihm gegenüber, obwohl sich das verkehrt anfühlt. Diese Küche ist ein zu kühler und nüchterner Ort für eine Nacht wie diese. Fröstelnd streiche ich über meine nackten Oberarme.

„Ist das wirklich wahr, was du gesagt hast? Jakob ist ... er ist tot?"

Ich will es immer noch nicht glauben. Er war doch gar nicht krank und erst gestern hatte ich noch zum Abschied seine Nüstern geküsst ...

„Ja." Nolans Stimme klingt belegt, er muss geweint haben. „Er ... er hat sich in der Box festgelegt, gestern Nacht, und hat es nicht geschafft, aus eigener Kraft wieder aufzustehen ... hat Panik bekommen und dann ..." Nolan schluckt und drückt sich seine Fäuste gegen die Augen. Erst nach ein paar Sekunden hat er sich so weit gefangen, dass er weitersprechen kann. „Er hat sich dabei ein Bein gebrochen. Danach ist sein Kreislauf kollabiert, und als sie ihn morgens fanden ... sie ... konnten ihn nur noch erlösen."

„Warst du dabei?"

„Nein." Nolan schüttelt den Kopf und wischt sich

eine Träne aus dem linken Augenwinkel. „Ich war in einem Shooting mit Lydia und hatte mein Handy ausgestellt. Erst später habe ich gesehen, dass mein Vater versucht hat, mich zu erreichen, da ...“ Er schafft es nicht weiterzusprechen, und ich warte stumm, bis Nolan sich wieder unter Kontrolle hat. „Als ich ankam, war er schon ... Er war schon nicht mehr bei sich. Sein Herz hat noch ein paar Mal geschlagen, aber ... dann ... hat es aufgehört. Er hat mich nicht mehr erkannt.“

„Doch, das hat er“, widerspreche ich sanft und weiß, dass ich nicht lüge. „Das hat er ganz bestimmt. Er konnte es dir nur nicht mehr zeigen, aber er hat dich erkannt!“

„Ich hab mein Pferd gekillt, Roxy.“ Nolans Blick ist voller Hilflosigkeit – und Hass auf sich selbst. „Mein Dad wollte immer, dass ich ihn verkaufe, an irgendein Reitschulmädchen abgebe oder an jemanden, der einem alten Pferd einen schönen Lebensabend bereiten will, mit ein bisschen Dressur und ruhigen Ausritten, aber ich wollte das nicht ... Ich wollte ihn behalten, ohne so für ihn da sein zu können, wie er es gebraucht hätte, und jetzt ... Gott ...“ Nolan presst seine Handballen gegen seine Stirn und atmet zitternd durch. „Er könnte noch leben, verstehst du? Zwar nicht bei mir, aber er könnte noch leben!“

„Du hast ihn nicht gekillt. Er hatte es gut bei dir.“ Jedes Pferd im Kastanien-Hof könnte es besser haben. Sie alle sind eingesperrt und ihnen allen fehlt eine Familie, die Herde. Aber Nolan hat Jakob geliebt und das wusste er. Die beiden waren ein Team; ein Herz und eine Seele, und ich mag mir nicht ausmalen, wie es sich anfühlen muss, wenn ein solches Team plötzlich auseinandergerissen wird, nach so vielen gemeinsamen Jahren. Doch eigentlich weiß ich längst, wie es ist. Ein Pferd muss nicht edel, groß und talentiert sein, damit man es lieben und mit ihm zusammenwachsen kann. Auch für ein kleines, schmutziges, verwahrlostes Pony, das man nie geritten hat, kann so viel Liebe in einem wachsen, dass die Welt untergeht, wenn man es verlassen muss und ihm nicht mehr helfen kann. Aber daran darf ich jetzt nicht denken.

Ich weiß immer weniger, was ich machen soll, um Nolan zu helfen. Ich hab keine Ahnung, wie man jemanden tröstet. Ich war immer eher gut darin, anderen Angst zu machen, und auch mir wurde oft Angst gemacht. Getröstet wurde ich nie – und was Nolan bei mir getan hat, als ich wegen Saphir geweint habe, kriege ich nicht hin. Ihn in den Arm nehmen. Ich glaube auch nicht, dass er das will.

Suchend schaue ich mich in der Küche um. Ob ich ihm einen Tee kochen soll? Oder ein Glas Wasser anbieten? Mein Blick fällt auf die angefangene Schachtel

Aspirin, die neben dem Kühlschrank auf der Arbeitsplatte liegt. Larissa hatte heute Morgen wieder Migräne; wie so oft, wenn sie zu wenig isst und zu viel kotzt. Vom Heulen kriegt man ebenfalls Kopfschmerzen. Weil mir nichts Besseres einfällt, stehe ich auf, drücke zwei Tabletten aus dem Blister, fülle ein Glas mit Leitungswasser und schiebe beides vor Nolans Nase.

„Oh ... danke." Schniefend richtet er sich auf. Noch immer laufen keine Tränen über seine Wangen, aber sein gesamtes Gesicht wirkt angespannt und ist viel zu bleich. „Mir platzt gleich der Schädel."

Mit geübter Bewegung wirft er sich die beiden kleinen, weißen Tabletten ein und spült sie mit einem großen Schluck Wasser runter. Na prima, ich habe genau eine Minute Zeit geschunden und weiß immer noch nicht, was ich tun soll. Aber ich will nicht länger in der Küche bleiben. Denn mich soll der Teufel holen, wenn Larissa nicht schon die ganze Zeit mit dem Ohr an ihrer Tür klebt und uns belauscht. „Was ... was willst du denn jetzt machen?", frage ich befangen.

„Keine Ahnung, Roxy." Nolan schaut müde zu mir hoch. „Schlafen. Vergessen. Nicht zu Hause sein ..."

Nicht zu Hause sein. Nun, das hat ja geklappt. Er ist nicht zu Hause. Aber er will schlafen und vergessen. Etwa bei mir? In meinem Zimmer?

„Du möchtest mich nicht hier haben, oder?"

„Doch, ich ... Das ist es nicht." Ich schüttele den Kopf und erneut verheddern sich meine Gedanken. Ich will Nolan hier haben. Vespa fahren sollte er in dem Zustand sowieso nicht mehr. „Ich überlege nur, was ich tun oder sagen kann, damit es dir besser geht."

„Tun oder sagen?" Nolan lächelt mich schief an. Es ist ein so trauriges Lächeln, dass ich schlucken muss. „Nichts. Ich möchte nicht reden. Ich hab auch keine Kraft mehr, irgendwas zu tun. Wenn ich könnte, würde ich die Zeit zurückdrehen, aber das geht nicht. Also muss ich hierbleiben. Im Jetzt."

„Muss dieses Jetzt in unserer Küche stattfinden?"

„Nein. Wie gesagt, ich kann auch wieder verschwinden."

„Nicht verschwinden. Komm mit." Vielleicht hilft ja das am besten, was ich Saphir immer gegeben habe. Da sein. Einfach nur da sein und sonst nichts.

Nolan erhebt sich, trinkt im Stehen das Glas leer und folgt mir aus der Küche und zum Ende der Wohnung, wo mein Zimmer liegt – das einzige mit Fenster zum Garten und so weit weg von Steffens Büro und den Gemeinschaftsräumen, dass ich mir manchmal einbilden kann, es gäbe die anderen nicht und ich würde alleine wohnen. Steffen hat mir nicht verboten, mit Nolan in mein Zimmer zu gehen, und vermutlich hört er unsere Schritte von unten. Wenn er will, kann er ja einen Kontrollbesuch machen. Zu verbergen haben wir nichts.

„Hier. Mein Reich." Einen Moment lang wird mir flau, als ich die Tür hinter uns geschlossen habe, ein kurzes Aufwallen von etwas, das sich wie Panik anfühlt. Doch Nolan geht sofort auf Abstand von mir und mein Puls beruhigt sich wieder. Dennoch kommt mir der Raum kleiner vor als sonst. Viel zu gucken hat er hier außerdem nicht. Es gibt ein Bett – etwas breiter als normale Betten, was mir sofort gefallen hat, weil ich nachts dazu neige, mich quer zu legen –, einen kleinen Schreibtisch, an dem ich fast nie sitze, einen Schrank, eine Kommode und einen Fernseher. Ein Bücherregal habe ich nicht, weil ich keine Bücher besitze. Meine Bibliothek ist mein Fernseher.

„War das schon so, als du eingezogen bist?"

„Ja." Ich habe nichts daran verändert. Womit auch, ich hatte nichts, als ich hierherkam. Steffen hatte mir anfangs angeboten, Dinge wie Poster zu kaufen. Aber ein Dach über dem Kopf, Wärme und Essen war alles, was ich brauchte. Nur die weiche, dunkelgraue Teddyfleecedecke hat Diana mir mal mitgebracht. Es fühlt sich fast an, als würde ich mit einem Tier kuscheln, wenn ich mich beim Fernsehen in sie einwickele. „Da." Ich weise verlegen auf das Bett. „Du hast gesagt, du willst schlafen, also ..."

„Ich kann mich auch auf den Boden legen.“ Nolan schlüpft aus seinen Edel-Sneakers und deutet mit den Fußspitzen auf den Teppich vor meiner Kommode. „Echt kein Problem.“

„Quatsch, auf dem Boden schlafen ist scheiße.“ Ich habe es jedes Mal gehasst. Irgendwann fängt man immer an zu frieren, selbst wenn man auf einem Heizungsschacht liegt. Und am nächsten Morgen schmerzt jeder Knochen. „Wir sind ja beide eher dünn, also müsste es gehen, ohne ...“ Ohne dass du mich berührst, denke ich zu Ende, was ich nicht aussprechen will.

„Ja, ich mit meinem dürren Arsch“, versucht sich Nolan an einem Scherz. Wieder streift ein Lächeln sein Gesicht, fast sogar ein Grinsen. Er ist ganz schön hart im Nehmen. Ich an seiner Stelle hätte nach Steffens Auftritt wahrscheinlich fluchtartig die Wohnung verlassen und er macht bereits Witze darüber.

„So dürr ist er nicht. Ich meine, er ist auch nicht dick ... oder ... oh je, ich hör besser auf zu reden.“ Ich beiße mir auf die Zunge und spüre, wie mir die Röte ins Gesicht steigt. Letzte Woche hab ich tatsächlich auf seinen Hintern gestarrt. Es ging nicht anders, er hat direkt vor mir die Hufe von Lady ausgekratzt. Jedenfalls ist sein Po nicht dürr.

„Roxy ... Kann ich vielleicht noch schnell euer Bad benutzen? Geht das?“

„Oh, ja, klar." Stimmt, das macht man vor dem Schlafen. Man geht noch mal aufs Klo und putzt sich die Zähne. Hab ich vorhin ja auch getan. „Die übernächste Tür links, mit dem Schild an der Klinke. Du kannst die grüne Zahnbürste nehmen, wenn du magst. Das ist meine."

„Okay. Falls ich in zehn Minuten nicht wieder da bin, hat die Bulldogge von unten mich auf die andere Straßenseite gekickt."

Nun muss auch ich lachen, aber es fühlt sich eher an wie ein Husten, so verkrampft bin ich. Bisher war in Nolans Gegenwart das Lesen von Texten unter Zeitdruck meine größte Herausforderung gewesen. Das, was nun passiert, war nicht einmal vorstellbar. Das Schlagen meines Herzens wird immer lauter und ungleichmäßiger, während ich im Zimmer neben meinem Bett stehe und warte, bis Nolan zurückkommt. Larissa wird mich morgen mit Fragen löchern. Ich hoffe nur, dass sie nicht vor lauter Neugierde zu ihm ins Bad stürzt. Abschließen können wir hier nicht. Wir haben nur dieses dämliche „Besetzt"-Schild – aus Sicherheitsgründen. Doch Nolan verliert keinen Kommentar darüber, auch nicht über die hässlichen, blau gemusterten Kacheln und unsere verkalkte Anno-dazumal-Dusche, als er zurück ins Zimmer kommt und sich auf die andere Seite des Bettes stellt.

„Ich lass meine Jeans an, okay?“

„Hm“, mache ich unbestimmt. Heißt das nun, er lässt die Jeans an und zieht das Shirt aus? Ich glaube nämlich nicht, dass ich das will, und ... Nein, gut, er lässt es ebenfalls an. Ich selbst kann so bleiben, wie ich bin, ich war ja schon in meinen Nachtklamotten. Also ...

„Roxy? Schläfst du im Stehen?“

„Nein, ich hänge mich nachts immer kopfüber an die Decke.“ Mit einem unterdrückten Seufzen lass ich mich auf die Bettkante nieder. Das ist alles so ungewohnt und das letzte Mal, als ein Mann zu mir ans Bett kam, da ...

„Ehrlich, ich kann auf dem Boden pennen. Der Teppich sieht weich aus.“

„Nein.“ Noch sitzt Nolan auf der Bettkante, bereit, jederzeit zu verschwinden, wenn ich das will. Doch ich will es nicht. Ihm geht’s schlecht und ich möchte für ihn da sein. Außerdem kann ich vor Erschöpfung kaum mehr stehen. Ich will auch liegen und mich ausstrecken und vergessen, genau wie er. Das wird Jakob nicht wieder lebendig machen, aber es ist auf jeden Fall besser, als die Nacht in der Küche oder auf dem Fußboden zu verbringen.

Also lege ich mich umständlich hin, mit dem Gesicht zum Fenster und dem Rücken zu Nolan, doch als meine Hüfte die Matratze berührt, keuche ich schmerzerfüllt auf. Mein Bluterguss ist inzwischen größer als meine Hand und schillert in sämtlichen Regenbogenfarben. Auch wenn ich auf der Seite am wenigsten Platz einnehme – das halte ich nicht auf Dauer aus. Ich muss auf dem Rücken liegen, wie Nolan. Vorsichtig rolle ich mich ab. Es klappt. Unsere Arme befinden sich immer noch weit genug auseinander, sodass sie sich nicht berühren. Nolan schlägt sich nachlässig die Fleecedecke über seine Hüften, ich nehme das normale Daunenbett und zerre es trotz der Wärme im Zimmer bis zu meinem Hals. Mein kleines Zusatzkissen hat sich Nolan bereits unter den Nacken geklemmt und darunter seinen linken Arm geschoben, sodass ich in seinen Shirtärmel gucken könnte, wenn ich das wollte. Will ich aber nicht. Ich will gar nichts mehr sehen, und erst recht nicht Dinge, die mich verwirren. Deshalb greife ich rasch hinter mich an die Wand und schalte das Licht aus.

„Roxy?“

„Ja?“ Nolans Stimme hört sich schön an im Dunkeln. Immer noch traurig, aber schön.

„Ist das wirklich in Ordnung für dich? Dass ich hier bin? Neben dir?“

„Ich weiß es nicht“, antworte ich ehrlich – und sehr leise. „Ich muss mich noch daran gewöhnen.“

Wenn Steffen jetzt hochkommt und uns sieht, bringt

er Nolan um. Oder denkt er sich sowieso, dass wir das tun? Nebeneinander schlafen? Das ist alles so verrückt, aber ich bin dankbar dafür, denn es lenkt uns von Jakob ab. Wir sind so beschäftigt damit, uns bloß nicht zu nahe zu kommen, dass wir gar nicht trauern können.

„Kann ich dir irgendwie dabei helfen?“

„Wobei?“

„Na, dich daran zu gewöhnen ...“

„Ja, indem du endlich deinen Mund hältst“, entgegne ich, obwohl ich mich vor unserem Schweigen fürchte, und höre Nolan erheitert prusten.

„Ist gut. Aber falls du dich nicht daran gewöhnen kannst, dann kick mich einfach raus, ja? Nacht, Roxy.“

Ich erwidere nichts mehr – und unser Schweigen gibt mir mehr Zeit, als ich zwischendurch ertragen kann. Denn die Nacht scheint endlos zu sein. Mein ganzer Körper wehrt sich gegen das, was geschehen ist, will es nicht glauben, schon gar nicht begreifen. Erst schmerzen meine Arme und Beine, als würde ich Fieber bekommen, dann verkrampft sich mein Bauch, mein Schädel dröhnt, es rauscht in meinen Ohren und mein Hals kratzt beim Schlucken, bis ich schließlich nur noch mein Herz spüre, wund und viel zu groß in meiner Brust.

Auch Nolan wälzt und dreht sich seufzend herum, als würde er versuchen, den Bildern in seinem Kopf zu entkommen, jenen vielen, schönen Erinnerungen, zu denen sich nun keine neuen mehr dazu gesellen können. Und ich kann ihm nicht dabei helfen. Nur da sein, bei ihm. Mit ihm.

Erst gegen Morgen werden wir nach und nach ruhiger. Nolan seufzt nur noch ab und zu leise auf, und meine Gedanken beginnen friedvoller und sanfter zu werden. Reglos liege ich auf dem Rücken, die Augen geschlossen, und verfangen in Traumbildern von wilden Pferden, die im Kreis um mich herumstehen und mich mit ihren Blicken trösten, als ich plötzlich Nolans Hand auf meiner spüre, seine Finger sich sanft und warm in meinen verschränken.

„Das kann nicht verboten sein", dringt sein Flüstern durch die blinde Finsternis und öffnet ein Tor, das nie wahrhaft verschlossen war. Nein. Das kann nicht verboten sein.

Der Schrecken weicht so schnell, wie er gekommen ist, und meine Finger schließen sich vertrauensvoll um seine. Erst als es draußen hell wird und im Garten die Vögel zu singen beginnen, gibt mein Verstand vollends auf. Ich sinke in einen weichen, endlosen Schlaf, dessen Trost bittersüß ist und der meine Träume wirklicher werden lässt als der Tag es jemals sein kann, und sehe, höre und fühle nichts mehr.

Doch zum ersten Mal bin ich dabei nicht alleine.

WILD UND FREI

Nach und nach geistern erste Bilder durch meinen Schlaf und verdichten sich schließlich zu Träumen. Ich finde mich auf einer weiten Ebene wieder, meine nackten Füße sinken weich in den Sand, aus dem dünne Grashalme sprießen, und vor mir stehen Saphir und Jakob, schwarz und weiß, gegensätzlich wie Tag und Nacht und doch friedlich vereint. Ich rege mich nicht, während ihre Nüstern sich nähern und über meinen dunklen Schopf wandern, tastend, fühlend, witternd ...

Nein. Nein, das sind keine Nüstern. Der Traum lichtet sich so schnell, wie er gekommen ist, doch ich zeige mit keiner Regung, dass ich dabei bin, wach zu werden, obwohl mir das, was ich fühle, immer noch vorkommt wie aus einem anderen Dasein.

Langsam, gezielt und doch ganz behutsam streichen Nolans Finger durch meine schwarzen Haare – fast ist mir, als würde er zwischendurch für Sekundenbruchteile innehalten, um nachzuspüren, ob ich mit dem einverstanden bin, was er tut. Es ist so angenehm, dass mir Schauer über die Wirbelsäule rieseln, vor allem dann, wenn sein Daumen sacht über meinen Haaransatz streicht, dort, wo sich im Winter dunkler Flaum von meiner weißen Haut abzeichnet und meine Stirn im Sommer kupferbraun schimmert. Er berührt mich respektvoll, als sei ich etwas überaus Kostbares, das es zu achten gilt – und genau das schenkt mir die Sicherheit, liegen zu bleiben und weiter zu atmen.

Doch meine Augen kann ich nicht geschlossen halten. Wie von selbst heben sich meine schlaftrunkenen Lider, deren Wimpern ineinander zu hängen scheinen, als hätte ich geweint. Dabei befinden wir uns gerade in einem Reich, in dem es keine Trauer gibt. Es gab sie dort nie.

Nolan liegt neben mir auf der Seite, den Kopf auf den rechten Arm gestützt, die linke Hand immer noch in meinem Haar und seine Augen verträumt auf mich gerichtet.

„Wildling", raunt er kaum hörbar, als unsere Blicke sich begegnen, und ich weiß, dass er mich erkannt hat. Vielleicht erst jetzt, vielleicht aber auch schon bei unserer ersten Begegnung, als ich neben Saphir im Hof kniete und dort genauso fremd war wie er, genauso heimatlos und ohne sicheren Boden unter den Füßen.

Meine Lider senken sich wieder, ich will nicht wach bleiben, sondern hierbleiben, in dieser stillen, wortlosen Begegnung, für die ich nichts tun muss, sondern einfach nur sein darf.

Noch einmal streift Nolans Daumen über meinen Haaransatz, dann zieht er seine Hand zurück, wobei seine Fingerknöchel wie unabsichtlich zart meine Wange berühren.

Verdammt, es ist Nolan Hilbert, der da in meinem Bett liegt, meldet sich mein Kopf zu Wort – und der eigentlich mit Isabella von Hohenstein zusammen ist. Auch sollte er längst fort sein, es ist hell geworden, wahrscheinlich haben wir schon Vormittag, und ...

„Roxy, ich will dich nicht aus deinen Träumen reißen, aber kann es sein, dass da draußen im Flur ein Hund winselt? Ich trau mich seit Stunden nicht raus, weil ...“

„Oh Shit!“, falle ich Nolan fluchend ins Wort und richte mich ruckartig auf. Ein Hund. Moses. Steffens Hund. Der draußen im Flur liegt und winselt, weil ...? Ein paar Sekunden lang herrscht völliges Chaos in meinem Kopf, bis mir einfällt, welchen Tag wir haben, und mein Verstand wieder zu funktionieren beginnt. „Das gibt Ärger.“

Mit einem Satz bin ich am Schrank, reiße eine Sweatjacke heraus, streife sie mir über und husche zur Tür, um sie zu öffnen, während Nolan mir fragend hinterherschaut. Ich rechne mit einem handfesten Steffen-Donnerwetter und ziehe schon vorsorglich den Kopf ein, doch alles, was mir entgegenschallt, ist ein unterdrücktes Jaulen von Moses, der schwanzwedelnd zu uns ins Zimmer drängt und interessiert an Nolans Sneakern schnüffelt. Kein Steffen. Auch keine Diana, Larissa oder gar ein Clemens. Die WG liegt still und leer vor mir.

„Das verstehe ich nicht", murmele ich und drehe mich zu Nolan um, der seine Hand aus dem Bett streckt, damit Moses auch sie mit seiner Nase auf Gut oder Böse untersuchen kann. „Heute ist doch Sonntag, oder?" Nolan nickt und wagt es, Moses brüderlich über den Kopf zu streichen. Sofort lässt der Hund sich schwer auf den Boden fallen und dreht ihm seinen Bauch zu.

„Welche Uhrzeit?"

Nolan zieht sein Handy vom Nachttisch. „Zwanzig nach zehn."

„Fuck", zische ich. Um neun Uhr hätte ich in der Küche erscheinen sollen, wo wir unseren gemeinsamen monatlichen Ausflug starten wollten – dieses Mal ins Fantasialand, für das wir uns allesamt viel zu alt fühlten und das selbst Diana keine Begeisterungsrufe entlocken konnte. Aber wir haben nun mal Freikarten geschenkt bekommen, und Bedürftige dürfen Freikarten nicht ablehnen, weil sie sonst undankbar sind. Aber wieso hat mich niemand geweckt?

„Hast du irgendwelche Geräusche gehört, während ich geschlafen habe?“

Nolan verzieht seinen Mund zu einem schwachen Grinsen. Er sieht anders aus als gestern Abend. Seine Augen sind nicht mehr so stark geschwollen und seine Haut hat wieder mehr Farbe bekommen, aber vor allem hat sich sein Blick gewandelt – als hätte er über Nacht Dinge beschlossen, die sein ganzes Leben verändern werden.

„War einiges los da draußen heute früh. Steffens Stimme hat auch dazu gehört, deshalb hab ich mich tot gestellt und gehofft, dass er nicht reinkommt, denn ich sollte ja eigentlich nicht mehr da sein.“

„Stimmt“, erwidere ich nüchtern. „Ehrlich, er hat nicht reingeguckt? Das kann ich gar nicht glauben.“

„Na ja ...“ Nolans Grinsen verdunkelt sich, als habe er etwas angestellt, auf das er nicht stolz sei. „Irgendwann ging schon die Tür auf. Wie gesagt, ich hab mich tot gestellt und zum Glück hat er nicht in dem Moment reingeschaut, als wir ...“ Er hebt leicht die Schultern und lässt sie wieder fallen.

„Okay, verstehe.“ Meine Wangen werden heiß, als ich mich von ihm abwende. Steffen hat nicht ins Zimmer geschaut, als Nolan und ich Hand in Hand im Bett lagen. Dann ist das also wirklich passiert. Es ist kein Traum gewesen. „Das kann nicht verboten sein“, hat er geflüstert, nachdem er nach meinen Fingern gegriffen hat, aber ich bin mir ziemlich sicher, dass Steffen das anders sieht.

„Er hat nur sehr tief geseufzt und die Tür nach einer halben Ewigkeit wieder geschlossen. Anschließend hab ich kein Auge mehr zugekriegt, aber irgendwann ist Ruhe eingekehrt. – Hätte ich dich lieber wecken sollen?“

„Nein, ist schon ... okay.“ Ist es das denn? Wieso hat Steffen uns nebeneinander im Bett liegen lassen? Weil unweigerlich Diana Wind von allem bekommen hätte, wenn er Nolan aus meinem Zimmer gezerrt hätte? „Warte.“ Auf nackten Sohlen laufe ich in die Küche, wo das Geschirr sich immer noch in der Spüle stapelt – plus drei gebrauchte Kaffeetassen und zwei Müslischalen – und ein kleiner, weißer Zettel auf dem Tisch liegt, einmal in der Mitte zusammengefaltet. Der kann nur für mich sein.

„Wenn du das liest, ruf mich SOFORT an. Steffen.“

Ohne Donnerwetter komme ich heute also doch nicht davon. Dabei will ich sogar mit Steffen sprechen. Es ist seltsam, ohne die anderen in der WG zu sein, obwohl es genau das ist, wonach ich mich immer gesehnt habe. Doch es ist noch ein Mann in der Wohnung, der hier nicht hingehört, und mit dem ich schon gestern Abend nicht umzugehen wusste. Jetzt haben wir die Nacht gemeinsam verbracht und er hat meine Haare ... gestreichelt? Nein, streicheln war das nicht. Er hat sie durchwühlt. Zärtlich, langsam. Bedeutsam. Und jetzt – jetzt weiß ich nicht mehr, wie ich ihm begegnen soll!

„Roxy? Was ist denn los, stimmt was nicht?"

„Ich ..." Obwohl Nolan nur in der Küchentür steht, gähnend und vollständig bekleidet, und sich mehrere Meter von mir entfernt befindet, weiche ich ein Stückchen zurück – ich kann nicht anders. „Ich sollte jetzt eigentlich im Fantasialand sein."

„Oh je", erwidert er mitfühlend und schmunzelt leicht. Hat er einen Schatten um den Mund herum? Ist ihm über Nacht der bisher nicht vorhandene Bart gewachsen? Mir war der Altersunterschied zwischen uns noch nie so bewusst wie jetzt. Außerdem kommt er mir riesig vor. Ich wusste zwar immer, dass er groß ist, aber hier, in der Küche ...

„Ich bin eigentlich froh, dass ich es verpasse", erkläre ich stotternd, als das Schweigen zwischen uns mich zu erdrücken droht. „Diese Ausflüge sind nur Pflicht und ... ich muss Steffen anrufen."

„Roxy ..." Nolan macht eine Bewegung, als wollte er näher kommen, bleibt dann aber im Türrahmen stehen. „Können wir vielleicht zusammen frühstücken und – reden? Ich weiß, du redest nicht gerne, aber ... Ich hab mir viele Gedanken gemacht heute Nacht, und bevor ich dir davon erzähle, muss ich – ich muss dir ein paar Fragen stellen."

Verflucht, auch das noch. Fragen stellen. Das kann nicht gut ausgehen.

„Hier frühstücken?", hake ich dennoch dünn nach.

„Ja, hier. Wenn du magst, kannst du in Ruhe telefonieren und mit Moses Gassi gehen und – Brötchen holen?", schlägt Nolan mit ruhiger Stimme vor und geht ein Stück zur Seite, als wolle er die Tür frei machen. Er sieht es mir an ... Ja, er hat meine Angst bemerkt und will mir eine Chance geben, ein paar Minuten für mich alleine zu sein, außerhalb von geschlossenen Räumen. Ich will tatsächlich raus hier, an die frische Luft. Mit jeder Sekunde, die wir länger in der Küche herumstehen, scheint sie kleiner und enger zu werden. „Ich mach in der Zwischenzeit Frühstück, okay?"

Obwohl ich mich frage, womit er Frühstück machen will – ich nehme morgens immer nur eine Schüssel Cornflakes zu mir, Clemens seinen Proteinmix und Larissa an guten Tagen einen halben Apfel –, nicke ich stumm und flüchte ins Bad, wo ich mein Gesicht unter den aufgedrehten Wasserhahn halte, um einen klaren Kopf zu bekommen. Steffen anrufen, Moses Gassi führen, Brötchen holen. Das kriege ich hin. Ich hab noch fünf Euro in der Tasche und hoffe, dass ich dafür genug Brötchen für uns beide bekomme. Im Moment habe ich sowieso keinen Hunger.

Sobald ich an vorhin denke, an Nolans Hand in meinen Haaren, fühlt sich mein Magen an, als würde er sich einmal um die eigene Achse drehen, gleichzeitig fängt mein Herz an zu stolpern und mein Hals schnürt sich zu. Doch sobald ich mich gewaschen, umgezogen und mit Moses nach draußen verzogen habe, werde ich etwas ruhiger und das flaue Gefühl in meinem Bauch legt sich. Kaum habe ich den Quellenhof hinter mir gelassen, ziehe ich das Handy aus der Tasche und wähle Steffens Nummer.

„Roxy? Warte kurz ... Diana? Muss telefonieren, stellt euch schon mal an!“ Aha. Steffen will nicht, dass sie mithört. Es dauert ein paar Sekunden, bis er wieder spricht. „Hör zu, du bist offiziell krank.“

„Ja? Was hab ich denn?“

„Denk dir halt was Nettes aus“, gibt Steffen barsch zurück. „Sie hat zum Glück nicht genauer nachgefragt.“

„Danke.“ Mehr kann ich gar nicht sagen. Ich bin froh, dass er das getan hat, auch wenn ich mich vor dem plötzlich so fremd wirkenden Mann in der Wohnung fürchte. Gleichzeitig würde ich durchdrehen, wenn ich zurückkomme und er ist nicht mehr da.

„Wir sind gegen 19 Uhr wieder im Quellenhof. Sieh zu, dass du dann im Bett liegst, und zwar alleine, ist das klar? Möglichst blass und kränklich."

„Kein Problem. Wird mir leichtfallen. War eine beschissene Nacht."

„Das hoffe ich", erwidert Steffen grantig. „Ich muss jetzt mit den anderen auf diese beknackte Achterbahn. Mann oh Mann ... Wenn was ist, ruf Ingo an. Der hat heute Bereitschaft und ist nebenan im Büro. Und geh mit Moses Gassi."

„Mache ich gerade. Bis heute Abend." Ich lege auf, bevor er fragen kann, ob Nolan noch bei mir ist. Ich weiß, dass da noch ein Gespräch folgen wird. Steffen muss sich das mit meinem Kranksein ausgedacht haben, damit er von Diana nicht eins auf den Deckel kriegt. Vielleicht hat er selbst verschlafen und es deshalb versäumt, Nolan rechtzeitig aus der WG zu werfen.

Gedankenverloren laufe ich zur nächsten Bäckerei, binde Moses an einer Laterne fest und gehe rein. Ich hab hier noch nie Brötchen geholt. Wir haben immer nur Toast und geschnittenes Brot vom Aldi da und mit etwas Glück mal Aufbackbrötchen. Deshalb kapiere ich auch zu spät, was mir überall in dem Laden in geschwungenen Lettern entgegen prangt und ich erst in aufreibender Langsamkeit entziffern muss. „Hier kommt nur Hilbert in die Tüte!" Heilige Scheiße, ich bin in einer der Hilbert-Filialen gelandet und der Spruch ist so albern, dass ich ein Auflachen unterdrücken muss. Doch als ich wieder nach draußen trete, klemmt auch bei mir eine Tüte voll Hilbert unter dem Arm. Ohne jede Eile drehe ich mit Moses noch eine Runde durch den Park, um Zeit zu schinden – erst danach steuere ich den Quellenhof an und bin panisch und erleichtert zugleich, als ich sehe, dass die rote Vespa noch auf der Straße steht.

Schon im Flur duftet es nach frisch gebrühtem Kaffee und Rührei – doch das Bild, das sich mir in der Küche bietet, sprengt einmal mehr mein Vorstellungsvermögen. Der Tisch ist bereits gedeckt, mit zueinander passenden Tellern und Tassen, Butter, Honig (wusste nicht, dass wir welchen haben), zwei Sorten Marmelade, Nutella (ist die von Clemens, er wird mich töten, wenn ich davon esse), einem Teller mit Aufschnitt und einem mit Käse. Wir essen immer aus der Packung, aber so sieht es tatsächlich schöner aus. Den Zucker hat Nolan ebenfalls in ein Schüsselchen geschüttet und einen Löffel reingesteckt; nur das Omelett wird direkt aus der Pfanne serviert. Mit einem Küchenhandtuch in der Gürtelschlaufe steht Nolan an der Spüle und bearbeitet mit schäumenden Händen unser schmutziges Geschirr – wahrscheinlich hat er sich schon gefragt, wo ich bleibe.

„Ähm ... das ... das musst du nicht tun. Clemens hat Dienst." Demonstrativ halte ich die Brötchentüte hoch. „Sorry, ist die einzige Bäckerei in der Nähe. Schlimm?"

Nolan lacht ertappt auf. „Man kann sie schon essen. Wirf einfach die Tüte weg, dann ist es nicht so schräg."

Er zeigt auf den Brotkorb, den ich ebenfalls noch nie gesehen habe. Nolan muss in unserer Küche ein Geheimfach entdeckt haben, während ich weg war. Ich schütte die drei Brötchen und zwei Croissants, die ich für meine fünf Euro bekommen habe, hinein, und bete, dass Nolan nicht zu jenen schlanken Menschen gehört, die fressen können wie Scheunendrescher.

Er hat den Tisch so gedeckt, dass wir nebeneinander sitzen – nicht zu nah, aber auch nicht so weit auseinander, wie ich es von mir aus getan hätte. Reden müssen wir, ich weiß es selbst. Jakob ist gestorben. Das hat etwas in Nolan ausgelöst und aus irgendeinem Grund möchte er mich nun Dinge fragen, die er sich vorher verkniffen hat. Ich kann ihm das ebenso wenig verwehren, wie ich ihn gestern vor der Tür hätte stehen lassen können. Wer A sagt, muss auch B sagen – einer von Dianas Lieblingssprüchen.

„Hier, für die Brötchen." Nolan drückt mir beiläufig einen Schein in die Hand, nicht gönnerhaft, sondern dankend, aber seine kleine Geste verstärkt meine Befangenheit.

Schweigend fangen wir an zu essen. Obwohl ich keinerlei Appetit verspüre, verlangt mein Bauch rasch nach mehr. Das Rührei schmeckt lecker, die Brötchen sind knusprig und noch warm und sogar der Kaffee riecht aromatischer als sonst. Dennoch bleiben die Croissants unangetastet. Es ist, als ob wir sie uns erst noch verdienen müssen – und ich möchte nicht länger auf dieses Verdienen warten.

„Okay, Roxy ..." Nolan schiebt seinen Teller ein Stück weg und rückt den Stuhl halb herum, sodass er mich besser ansehen kann. Auch ich stelle die Tasse ab, die ich eben noch in beiden Händen gehalten habe, weil ich nicht wusste, was ich mit ihnen tun soll. „Ich hab lange wach gelegen heute Nacht und ..." Er bricht ab, als suche er nach den passenden Worten. „Eine Entscheidung steht fest, aber die andere kann ich nicht fällen, ohne ein paar Dinge zu wissen."

„Und diese Dinge haben mit mir zu tun?", frage ich mit pelziger Zunge. Der Kaffee hat mich ausgedörrt – oder ist es die Anspannung in mir?

„Ja. Ja, das haben sie." Nolan mustert mich ernst. „Du bist mir immer ausgewichen und das war okay, nur – jetzt geht das nicht mehr. Nicht in den Punkten, die mit Saphir zu tun haben."

Saphir ... Sein Name ändert alles. Aufmerksam richte ich mich auf.

„Jakob ist tot. Ihm kann ich nicht mehr helfen." Nolan senkt den Blick und ringt kurz um seine Fassung. „Und ich weiß jetzt auch, dass er möglicherweise noch leben würde, wenn er nicht in einer Box gestanden hätte. Saphir ... ihm soll nicht das Gleiche passieren. Lady und Torero sind meine Turnierpferde, die kann ich nicht anders halten und sie müssen im Gestüt bleiben, aber Saphir ..." Grübelnd bricht er ab. Ich hänge an seinen Lippen. Seine Worte kommen mir unwirklich vor, wie ein Traum, aus dem ich nicht erwachen möchte. „Ich denke darüber nach, ihn in einem anderen Stall unterzubringen. Wo er nicht in einer Box steht. Nur ..."

Was „nur"? Was ist die Bedingung? Ich kann nicht fassen, was hier gerade geschieht, es ist jene Kehrtwende, mit der ich nicht mehr gerechnet habe, nicht nach unserem furchtbaren Streit und meinem Hinschmeißen, aber ich spüre genau, dass ein tonnenschweres Gewicht daran hängt – und dass es den Plan zum Scheitern bringen kann.

„Ich kann mich dann nicht um ihn kümmern. Ich habe jetzt zwar mein Abi in der Tasche, aber eine Menge Turniere und Training und Lehrgänge vor mir, und wenn ich jemandem ein Pferd von mir anvertraue, dann – also, dann muss ich wissen, mit wem ich es zu tun habe. Wenigstens ein bisschen, Roxy."

Da ist er, der riesengroße, mächtige Haken. Ich kann förmlich spüren, wie er alles auseinanderzureißen droht. Entweder Nolan möchte, dass sich von nun an jemand anderes um Saphir kümmert – was ich kaum aushalten würde –, oder aber er wird mich ausfragen und feststellen, dass man mir nicht vertrauen kann. Denn mein Lebenslauf ist ein Desaster. Meine Fähigkeiten sind es auch.

„Darf ich dir ein paar Fragen stellen? Über dich?"

Ich kann nur nicken, weil meine Kehle wie zugeschnürt ist. Mir ist nach Heulen zumute. Bisher konnte ich mich immer durchmogeln, wenn auch manchmal nur mit Müh und Not. Jetzt geht es um so viel mehr – nicht nur um mich, sondern um die Zukunft von Saphir. Und hatte ich mir nicht immer geschworen, alles dafür zu tun, damit er ein besseres Leben hat?

„Danke. Also, zuerst würde ich gerne wissen, ob du wirklich nie was mit Pferden zu tun hattest, denn ... Roxy? Alles in Ordnung?"

Nein, nichts ist in Ordnung. Heute Nacht ist mir sein Name wieder eingefallen. Grisu. Ich habe auch um Jakob geweint, doch vor allem um Grisu, mein liebes altes krankes Pony, das ich nie wiedergesehen habe. „Kann ich ... die Frage später beantworten?"

„Ja. Ja, natürlich, entschuldige. Ich wusste nicht, dass ... Sorry."

„Ist okay." Ich zittere immer noch, kann mich aber wieder konzentrieren. Mach schon, Nolan, stell die nächste Frage. Ein paar Atemzüge lang schaut er mich an, als würde er überlegen, ob das alles überhaupt einen Sinn ergibt, was wir hier tun. „Frag weiter, bitte."

„In Ordnung. Du hast mal gesagt, du wärst in einem Wohnwagen geboren und wüsstest nicht, woher du kommst ... Wie – wie geht so etwas?"

Ich selbst hab dieses Fass aufgemacht, in einem unkonzentrierten Moment. Jetzt muss ich es austrinken, auch wenn ich nicht weiß, was es mit Saphir zu tun haben soll.

„Ich ... meine Familie gehörte zum fahrenden Volk." Ich versuche, in seinem Gesicht zu lesen, ob er mich verstanden hat.

„Sinti? Oder Roma?"

„Weiß ich gar nicht so genau. Wahrscheinlich Roma. Fahrendes Volk jedenfalls, seit Generationen. Ich kann dir vieles nicht genau sagen, weil ich – ich war noch sehr klein, als die Razzia stattfand. Zwei oder drei Jahre, vielleicht auch vier."

Nolan schluckt und sein Gesicht verliert rasant an Farbe. „Heißt das etwa, du weißt nicht genau, wie alt du bist?" Als sei er mir zu nahe gekommen, schiebt er seinen Stuhl ein Stück nach hinten.

„Ja. Ich weiß es nicht genau, denn es gibt keine Geburtsurkunde und es war auch niemand da, der ... es hätte sagen können. Oder wollen."

„Ich dachte, du bist fünfzehn!" Nolan wirkt immer noch geschockt.

„Na ja, die Ärzte haben mich natürlich untersucht und haben gewisse Anhaltspunkte beim Schätzen vom Alter, aber es könnte auch sein, dass ich etwas älter bin oder jünger ..."

Nolan rückt noch ein Stück von mir weg. „Also könnte es sein, dass ich neben einer Dreizehnjährigen im Bett lag?"

„Das glaube ich nicht", erwidere ich so sachlich wie möglich. „Denn dann ..." Ich zögere. „Dann hätte ich schon sehr früh meine Periode bekommen." Nolans Augen huschen über meinen Körper, als wollen sie meine Worte überprüfen, bevor er es bemerkt und peinlich berührt auf seine Unterlippe beißt.

„War das jetzt zu viel Information?"

„Nein, schon gut." Seine Stimme ist belegt. „Ich hab zwei große Schwestern und bin da ziemlich abgebrüht." Abgebrüht wirkt er wahrlich nicht, jedenfalls nicht jetzt, doch ich widerspreche nicht.

„Es war auch deshalb schwierig zu schätzen, weil ich nicht gesprochen habe. Gar nichts. Sie dachten deshalb eine Zeit lang, ich sei Autistin. Aber es lag wohl am Schock. – Ich denke schon, dass ich um die fünfzehn bin. Immerhin durfte ich meinen Geburtstag selbst festlegen. 20. August."

Nolan rückt wieder ein Stück näher und atmet tief durch. Verkehrte Welt, denke ich. Ich rede, er hört zu.

„20. August. Gut. Merke ich mir." Er räuspert sich und langsam kehrt wieder Farbe in sein Gesicht zurück. „Dein Schock – hattest du den wegen dieser Razzia?"

„Ja. Wir haben ganz gut die Zigeuner-Klischees erfüllt, denke ich. Der kleine Wanderzirkus war eigentlich zur Tarnung da. Es gab ein paar Tiere und Artisten, ja, das schon. Aber vor allen Dingen haben wir geklaut. Trickdiebstahl und Haustürbetrügereien. Wir sind von Ort zu Ort gezogen und haben dort unser Lager aufgeschlagen, wo gerade irgendwelche Feste oder Jahrmärkte waren, mal geduldet, mal ganz offiziell mit Lizenz, ein paar hatten wohl Papiere, aber ... Gelebt haben wir vom Stehlen, nicht vom Zirkus. Zumindest gab es deshalb die Razzia. Ich sollte auch angelernt werden, das wird bei den Kindern schon ganz früh gemacht, aber ich wollte das offenbar nicht, und deshalb ..."

„Deshalb?" Es hilft alles nichts. Wenn ich meine Geschichte erzähle, muss ich von Grisu erzählen. Was auch immer es mit mir macht.

„Ich bin immer wieder abgehauen und hab mich in einem der Zirkuswagen versteckt. Bei einem ... einem alten Pony, das sie in dem Wagen hielten. Einem weißen. Bei ihm hab ich fast all meine Zeit verbracht." Ich weiß gar nicht, wie ich es schaffe, zu reden, ohne zu weinen. Aber irgendwie geht es. Meine Stimme ist ganz leise geworden, doch sie bleibt klar und zittert nicht. „Als die Polizei anrückte und sich rumsprach, dass sie kommen, da ... da war ich auch bei ihm und ... meine Eltern haben mich wohl auf die Schnelle nicht gefunden und sind ... sie sind abgehauen, bevor die Beamten da waren. Fast alle sind abgehauen."

„Und du bist alleine im Wagen geblieben?"

„Ja. Ich hab mich hinter Grisu versteckt, im Heu, und es hat einen halben Tag gedauert, bis man mich entdeckt hat. Meine Eltern waren längst über alle Berge und dachten wahrscheinlich, irgendeiner der anderen von uns hätte mich mitgenommen. War ja nicht die erste Razzia gewesen. Aber sie sind nie wieder aufgetaucht. Wahrscheinlich sind sie zurück in ihre Heimat gegangen ... Rumänien oder Albanien oder so ... Keine Ahnung. Es gab Suchaufrufe und ein paar Fahndungen, aber sie wurden nicht gefunden."

Nolan schweigt betroffen, ohne seine Augen von meinem Gesicht abzuwenden, doch ich schaue an ihm vorbei. Ich kann ihn jetzt nicht ansehen.

„Vermisst du sie?", fragt er nach einer Weile gedämpft.

„Keine Ahnung, ich ... ich kann mich kaum an sie erinnern. Ich war ja noch klein. Ich hatte viele Geschwister, das weiß ich noch. Und jede Menge Tanten und Onkels, wir waren wie eine Herde. Am deutlichsten kann ich mich an Grisu erinnern. Er war mein Freund. Und als sie mich in seinem verdreckten Wagen entdeckt haben, haben sie mich mitgenommen und er wurde ... Er hat nach mir gerufen, weißt du?" Nun muss ich doch weinen. „Immer wieder hat er mir hinterhergewiehert, aber er war so alt und krank, er ... er wurde ..."

„Oh je, das tut mir leid." Nolan legt seine Hand kurz auf meine. „Ich weiß, was du meinst. Scheiße ..."

Ich zwinge meine Tränen hinunter und wische mir mit der Serviette fahrig übers Gesicht. Wenn ich jetzt eine zu lange Pause mache, geht gar nichts mehr. Ich muss weitersprechen. „Also, ich weiß nicht genau, woher ich komme. Was für ein Blut in mir fließt. Wie alt ich bin und wann ich Geburtstag habe. Aber ich bin ein Mensch und ... deshalb durfte ich ab sofort nicht mehr bei einem Pferd im Wagen leben, sondern kam in ein Heim und nach einiger Zeit in die erste Pflegefamilie und danach in die zweite ..."

„Warum eine zweite?"

„Waren beide kein Hauptgewinn." Ich lache bitter auf. „Vom Regen in die Traufe nennt man das wohl ... Meine erste Pflegemutter sammelte Kinder und hatte ihre superfürsorglichen Phasen. Wenn das Jugendamt zur Kontrolle kam, war alles tipptopp. Aber eigentlich hat sie es nicht auf die Reihe gekriegt und ist zwischendurch immer wieder abgestürzt. Irgendwann flog es auf. Also zurück ins Heim und nach einiger Zeit in die nächste Familie. Sah alles erst gut aus. Aber mein Pflegevater war ... er hat komische Sachen gemacht. Wenn ich was angestellt hab, hat er mich verprügelt und beschimpft, als sei ich der letzte Dreck. Aber abends, wenn ich im Bett lag, kam er zu mir, war wieder ganz lieb und wollte mich trösten. Aber das war kein Trösten. Das war was anderes ... So starrt man niemanden an, wenn man ihn trösten will, und man muss sich dazu auch nicht zu ihm unter die Decke legen ..." Ich höre mir selbst zu, als wäre ich jemand anders. Fühle nicht, was ich sage, als hätte ich all das nie erlebt. Wie damals habe ich mich aus meinem Körper entfernt. Es ging nicht anders. „Nach einer Weile hat ihm das nicht mehr gereicht. Er hat behauptet, er müsste auf mich aufpassen, wenn ich dusche oder bade, denn dabei könnte so viel Gefährliches passieren. Außerdem hat er den Schlüssel aus der Badezimmertür entfernt, sodass ich nicht mehr abschließen konnte ... Irgendwann hab ich es nicht mehr ausgehalten und bin abgehauen. Auf die Straße. Am Anfang nur phasenweise, meine Pflegemutter war ja ganz okay, doch er hat mich jedes Mal verprügelt, wenn ich zurückkam, also bin ich irgendwann gar nicht mehr zurückgekommen."

Nolan hat die Ellenbogen aufgestützt und sein Gesicht in den Händen vergraben. Sein Atem geht fast so schwer wie heute Nacht und ab und zu zucken seine Finger, als wollten sie sich zur Faust ballen und etwas zertrümmern. Ich weiß, meine Geschichte ist keine leichte Kost. Aber ich kenne sie schon. Für ihn ist das alles neu.

„Jetzt verstehe ich einiges besser“, murmelt er hinter seinen Händen. „Oh Scheiße, was hätte ich alles falsch machen können heute Nacht ... Oder habe ich es etwa?“

„Hast du nicht.“ Ja, ich hab Angst gehabt und es kamen zwischendurch miese Erinnerungen hoch, als er neben mir im Bett lag. Aber ich wollte ihn trösten. Nicht umgekehrt. Und es war echter Trost. Nicht dieses abartige, manipulative Verhalten von Arndt.

„Okay, und nun ist mir auch klar, warum Steffen sich benimmt, als sei ich ein potenzieller Vergewaltiger.“

„Er versucht, mich zu beschützen, und übertreibt dabei. Aber ich kann es ihm nicht übel nehmen.“

„Ich auch nicht.“ Endlich nimmt Nolan die Hände von seinem Gesicht. „Er hat dich von der Straße geholt, oder?“

„Ja, nach ein paar Monaten. Ich wurde sowieso gesucht, weil ... na ja. Du weißt schon.“ Über die Sache mit dem verprügelten Mädchen rede ich heute Morgen nicht. Das packe ich nicht auch noch. Doch Nolan nickt nur. „Das ist ja in der Zeit passiert, als ich auf der Straße war. Ich hab nicht getrunken oder Drogen genommen oder so, aber es war kurz davor. Es war Winter und bitterkalt, und ich war so hungrig und außerdem krank. Konnte mich nicht mehr wehren und wollte nur noch ins Warme. Steffen hat mich eines Nachts aufgelesen und in den Quellenhof gebracht. Ich hatte fast 40 Grad Fieber."

„Wann war das?"

„Im Januar. Vor knapp fünf Monaten." Fünf Monate, in denen ich die meiste Zeit ferngesehen und mich verkrochen habe. Aber es waren fünf Monate, in denen mich niemand geschlagen oder mir zu nahe gekommen ist und in denen ich mir nachts nicht vor lauter Zittern und Frieren die Zunge wund gebissen habe. Das mache ich nur noch, wenn ich schlecht träume. „Im Frühjahr war dann die Gerichtsverhandlung und da hab ich die Jugendstrafe bekommen und die Sozialstunden ... Den Rest kennst du." Ich frage mich immer noch, wie ihm das bei seiner Entscheidung helfen soll. Das alles hat nichts mit Saphir und dem Offenstall zu tun. Es ist ein Haufen Scheiße aus meiner Vergangenheit. Ein stummes Zigeunermädchen, das in der Gosse gelandet ist – mehr nicht.

„Danke, Roxy. Jetzt sehe ich etwas klarer."

„Echt, tust du?" Argwöhnisch schaue ich auf. Hat er

endlich kapiert, dass ein Hilbert sich nicht mit einem Findling wie mir abgeben sollte?

„Ja, du warst ehrlich. Und das brauche ich als Basis, wenn ich einem anderen Menschen mein Pferd anvertraue, in neuer, fremder Umgebung."

„Aber ..." Wie Nolan vorhin muss ich mich räuspern, um meine Stimme zurückzugewinnen. Ich hab das Gefühl, als säße ich nicht mehr an dem abgeschrammten Holztisch in unserer WG-Küche, sondern befände mich auf einem brüchigen Floß, das über einen reißenden Fluss schlingert. „Aber schreckt dich nicht ab, was du gehört hast? Ich meine, ist jetzt nicht völlig klar, dass jemand wie du sich nicht mit jemandem wie mir abgeben sollte?"

„He, du hattest eben nicht den besten Start ins Leben und danach eine Menge Pech. Ich hatte stattdessen das Glück, in eine reiche Familie hineingeboren worden zu sein."

Und ich in eine kriminelle, vollende ich in Gedanken, was er die ganze Zeit so höflich verschweigt. Obwohl ich anders werden wollte als sie, habe ich genau das wiederholt, wovon sie gelebt haben. Ich habe Menschen bestohlen – und bin dabei einmal gewalttägig geworden. Okay, ich hatte Hunger und war krank, aber das rechtfertigt es nicht.

„Eines muss ich dich trotzdem noch fragen, denn es

ist wichtig, wenn Saphir woanders unterkommt und du dich um ihn kümmerst." Nolan richtet sich auf und sieht mich forschend an. „Stimmt es, dass du nicht lesen und schreiben kannst?"

„Wer behauptet das denn?", gehe ich sofort in Gegenposition, während mein Gesicht wieder zu brennen beginnt.

„Isabella meinte, sie und Conny hätten dich gebeten, ihnen die Stallregeln vorzulesen, und du hättest dich geweigert, es zu tun. Mehrmals." Jetzt schäme ich mich nicht nur, sondern fühle mich zudem belästigt und beschmutzt. Ja, das haben sie getan, sie wollten mich provozieren und auflaufen lassen, und selbst wenn ich unter Zeitdruck flüssig lesen könnte, hätte ich es nicht getan. „Deshalb dachten sie, du könntest nicht lesen. Ich hab ihnen gesagt, das sei Quatsch, aber ..."

„Ich *kann* lesen. Ich kann auch schreiben, nur nicht so, wie es im Duden steht. Ich bin Legasthenikerin." Ist schon irgendwie witzig, dass ich den Namen meiner eigenen Krankheit nicht richtig aufschreiben könnte. Nicht einmal das gelingt mir. „Und ich habe eine starke Leseschwäche. Ich brauche sehr lange dafür und es muss still um mich herum sein, ich darf keinen Zeitdruck haben. Dann klappt es besser. Aber Stille und Zeit sind fast immer Mangelware." Meine Wangen müssen knallrot geworden sein und ich will nicht in

Nolans Miene lesen müssen, was er von all dem hält. Deshalb starre ich auf meine Hände, während ich weiterspreche. „Mir hüpfen die Buchstaben weg. Für mich ist es, als würden sie leben und auf dem Papier tanzen. Ich kriege sie nicht gebändigt. Aber ich *kann* lesen."

„Oh Mann. Und ich dachte, du bockst ..." Nolan schüttelt den Kopf und lacht leise in sich hinein. Es klingt weder abfällig noch enttäuscht, sondern eher, als würde er sich über sich selbst amüsieren. „Dass du lieber bei den Pferden sein willst, als Papierkram zu machen."

„Will ich ja auch", stimme ich ihm bedrückt zu. „Aber ich hätte den Papierkram für dich erledigt, wenn ich mir hätte sicher sein können, dass ich es gut mache. Ich wollte halt nicht, dass du es merkst. Und das hättest du, auf jeden Fall ..."

Nolan brummelt etwas in sich herein, was ich nicht verstehe, aber ich glaube, das Wörtchen „Weiber" darin zu hören. Ja, die Aktion von Conny und Isabella war mies gewesen. Aber insgeheim hatte ich gehofft, dass Nolan nichts davon erfahren würde. Nun weiß er es. Und jetzt?

„Mich überrascht das ehrlich gesagt." Spielerisch legt er seinen Zeigefinger unter mein Kinn und hebt es an, ganz leicht, damit ich ihn endlich anschaue. „Wenn du mal redest, hat das Hand und Fuß. Hört sich nicht an, als hättest du Sprachprobleme."

„Ist ja auch nur im Schriftlichen so. Aber unsere Welt ist größtenteils schriftlich. Auch privat. Alleine dieser ganze Social-Media-Kram ... WhatsApp ... Kurznachrichten ... Facebook. Ich bin da raus, das stresst mich. Es war gut, dass du heute Nacht vorbeigekommen ist, anstatt mir eine Nachricht zu schreiben."

„Ja, und von dir hab ich bisher keine einzige gekriegt." Erneut lacht Nolan auf und wieder ist es frei von Spott oder gar Häme. „Dachte schon, du kannst mich nicht leiden ..."

„Nein, ich kann nur einfach nicht gut schreiben und es ist mir peinlich, wenn in jedem Wort drei Fehler sind und ich sie auch beim fünften Durchlesen nicht finde. Die spielen Verstecken mit mir."

Langsam sickert das Erkennen durch meinen Bauch und löst seine Verkrampfungen. Nolan schaut nicht auf mich herab, weil ich diese Behinderungen habe. Er findet sogar, dass ich mich gut ausdrücken kann.

„Und wie eignest du dir Wissen an? Ich meine, du weißt einiges über Pferde und ihr Verhalten, das hab ich gemerkt, und es wird kaum alles auf der Zeit mit Grisu beruhen, denn du warst ja noch ein Kleinkind. Woher hast du das alles?"

Mit einem Grinsen deute ich in die Richtung von meinem Zimmer. „Mein Lexikon ist mein Fernseher. Seitdem ich hier bin, schaue ich viel fern. Meistens nachts, die dritten Sender und Doku-Kanäle. 3sat, Phoenix, ZDFinfo, Arte und so …" Anfangs habe ich nur Horrorserien geguckt. Als wollte ich meine Gefühle damit abtöten. Doch dann habe ich beim Durchzappen die anderen Kanäle entdeckt – und bin hängen geblieben. „Ich versteh nicht immer alles, was da erzählt wird, aber dort hab ich Dokumentationen über Wildpferde gesehen. Das ist, als würde ich Familienvideos gucken." Verlegen senke ich wieder den Blick, der letzte Satz ist mir so rausgerutscht. Aber es ist jedes Mal das Gleiche – wenn ich Aufnahmen von wild lebenden Pferden sehe, möchte ich mich unter sie mischen. Es ist, als wären *sie* meine echte Familie, als hätte ich schon einmal bei ihnen gelebt, vor langer, langer Zeit.

„Arte. Wow."

„Ja. In den anderen Kanälen sind mir die Beiträge oft zu schnell und hektisch. Das mag ich nicht. Manchmal gucke ich auch ohne Ton oder höre nur zu."

Nolan denkt mit geschlossenen Augen nach, das Kinn in seine Hand gestützt. Was bedeutet das nun für Saphir und den Offenstall? Ist das ein K.o.-Kriterium? Weil ich Stallregeln vorlesen können muss?

„Gut, dann sollte alles Schriftliche an mich gehen. Du könntest es mir einfach weiterleiten – und ich schicke es dir dann als Sprachnachricht. Dann kannst du es dir jederzeit anhören. Einverstanden?"

„Ich ... Ja." Verdattert blicke ich auf. So einfach ist das für Nolan? Wenn ich nicht gut lesen kann, dann muss mir eben jemand die Texte vorlesen? Welche Texte überhaupt? „Ich verstehe nicht ganz", bekenne ich unsicher. „Schriftliches, was meinst du damit?"

„Die White Wing Ranch ist eine private Stallgemeinschaft. Da wird es Stallpläne geben fürs Ausmisten und Futterlisten und so weiter und die sind ja wichtig, wenn Saphir dort steht. Es wird vermutlich eine WhatsApp-Gruppe geben. Du musst auf dem Laufenden sein. Bei uns konntest du dich um das Schriftliche herumdrücken, aber dort wird das nicht gehen. Du wirst mehr Verantwortung und Verpflichtungen haben. Ich übernehme die Nachrichtenlesen-Sache gerne, du musst sie mir nur zukommen lassen und wissen, was drin steht, okay?"

„Bedeutet das, dass ..." Ich traue mich nicht, es auszusprechen. Er muss das für mich tun, ich hab zu große Angst, enttäuscht zu werden.

„Ja. Wir schauen uns den Stall mal an. Entscheiden kann ich erst danach und ich hab nach wie vor kein gutes Gefühl bei dem Gedanken, ein Vollblut in einen Offenstall zu stellen. Aber sein Weben ist schlimmer geworden, seitdem du weg bist, und ich will kein weiteres Pferd sterben sehen ... Herde und Offenstall ist nun mal die beste Medizin bei einem webenden Pferd. –

Hab ich gestern gelesen", fügt Nolan hinzu, als er meinen fragenden Blick bemerkt. Bisher schien das Wort „Offenstall" ein rotes Tuch für ihn gewesen zu sein. Aber da hat auch Jakob noch gelebt. „Ich rufe bei der Stallbesitzerin an und mache einen Termin aus. Morgen Abend? So ab sechs? Ich hab montagabends jetzt ja Zeit." Seine Unterlippe zittert kurz, aber dann spannen sich seine Kiefermuskeln an und er hat sich wieder unter Kontrolle.

„Ja. Ja, ich denke, das kriege ich hin. Hoffe ich."

Ich sollte ihn nicht pausenlos anschauen, aber auf einmal sind die Bodendielen nicht mehr interessant, eigentlich waren sie es nie. Meine Augen hängen an Nolans Gesicht, weil sie herausfinden wollen, ob er das alles auch wirklich ernst meint oder es nur eine Übersprungshandlung ist, die er morgen schon wieder bereut. Denn das ist es, was Steffen glaubt. Dass ich nur ein Zeitvertreib für Nolan bin, eine exotische Abwechslung von seinem Schicki-Micki-Dasein. Er darf mit dem Leben von Saphir nicht spielen. Er muss das ernst meinen! Doch er weicht meinem Blick nicht aus, sondern erwidert ihn ruhig und in samtschwarzer Tiefe.

„Weißt du, an wen du mich erinnerst?", fragt er nach einem endlos scheinenden Moment. „An das Mädchen mit den grünen Augen."

„Das Mädchen mit den grünen Augen?“ Ich bin unsicher. Ist das irgendein berühmtes Gemälde, das ich kennen sollte?

„Ja. So heißt das Porträt eines afghanischen Mädchens, das in den 80ern auf dem Cover der National Geographic war und für das der Fotograf einen Preis bekommen hat. Meine Mutter hat es in ihrem Schreibzimmer an der Wand hängen. Sie liebt es. Ich hab es mir als Kind immer wieder angesehen. Das Mädchen hat einen Blick, der unter die Haut geht, und seine Augen ...“ Lächelnd berührt Nolan mit der Fingerspitze meine linke Braue. „Sie sind etwas heller als deine, aber genauso durchdringend.“

Durchdringend. Ist das jetzt etwas Gutes oder Schlechtes? Ich kenne das Bild nicht, aber auch wenn es Stunden dauert: Ich werde es googeln.

„Das ist mir schon bei unserer ersten Begegnung aufgefallen. Dabei schaust du mich eigentlich nie direkt an. Aber wenn, dann ...“

„Dann?“

„Weiß nicht. Macht das was mit mir.“ Nolan streicht sich mit der Linken durch sein Haar, doch seine welligen Strähnen legen sich sofort wieder gewohnt chaotisch übereinander. „Als würden deine Augen mich zwingen, die Welt anders zu betrachten, als ich es vorher getan habe.“ Sein Lächeln schwindet. „Jakob hat mich auch dazu gezwungen. Das habt ihr gemeinsam."

Als sei dies sein Schlusssatz gewesen, stemmt er die Hände auf den Tisch und erhebt sich. „Ich muss nach Hause, Roxy. Könnte sein, dass ich vermisst werde." Ja, das glaube ich auch. Wahrscheinlich dachten seine Eltern, er schläft bei Isabella, und sie dachte, er schläft bei ihnen – und wie das bei den Hohensteins und den Hilberts so ist, bleibt keine Information allzu lange ein Geheimnis. Was er ihnen wohl sagen wird? Wohl kaum, dass er die Nacht im Quellenhof verbracht hat. Das könnte ihn auf einen Schlag enterben. „Schlaf dich aus. Du siehst müde aus."

Das bin ich auch. So müde sogar, dass ich ins Torkeln gerate, während ich Nolan zur Haustür begleite. Moses ist längst in seinem Körbchen im Flur eingedöst und klopft nur kurz mit dem Schwanz auf den Boden, als wir an ihm vorbeigehen.

„Ich melde mich, sobald ich einen Termin auf der Ranch habe." Ich weiß, dass ich seit Minuten nichts mehr gesagt habe, während Nolan hier Monologe hält. Doch ich bin zu erschlagen, um noch ganze Sätze formulieren zu können. „Ist denn wieder alles okay zwischen uns? Noch sauer wegen unserem Streit?"

Stumm schüttele ich den Kopf, auf einmal habe ich das Gefühl, gleich zusammenzuklappen. Ich war ihm schon gestern Abend nicht mehr böse. Ich kann das eh nicht gut – nachtragend sein. Wozu auch? Es hilft weder Saphir weiter noch mir.

„Okay, dann …“ Er traut sich nicht, mich zu umarmen. Dabei dürfte er es, jetzt, in diesem Moment. Doch er legt nur die Hand auf meinen Oberarm, eine scheue, vorsichtige Geste. Ich kann ihn so nicht gehen lassen … Das darf ich nicht. Ohne zu überlegen, trete ich einen Schritt nach vorne, senke meine Stirn und lehne sie ganz leicht an seine Brust.

Wie vom Donner gerührt bleibt er stehen, jetzt hat auch er keine Worte mehr. Mein Herz schlägt ein paarmal völlig aus dem Takt, bevor er rücklings die Tür öffnet, stumm wie ich nach draußen tritt und sich erst vor den Treppenstufen von mir weg und zur Straße dreht.

Als seine Vespa davonknattert, sitze ich schon wieder auf meinem Bett und versuche zu begreifen, was geschehen ist.

Es gelingt mir keine einzige Minute. Denn mein Kopfkissen riecht nach Nolan, meine Kuscheldecke ebenfalls, seine Armbanduhr liegt noch auf dem Nachttisch und er hat meine Zahnbürste benutzt.

Er war hier. In meinem Leben.

Das hat alles verändert.

KLATSCH, TRATSCH UND KOMMUNEN

„Anschauen. Sofort."

Etwas fällt auf meine Matratze, direkt neben meinen Kopf, doch ich reagiere nicht, obwohl ich schon wach gewesen bin, als Steffen zu mir ins Zimmer gepoltert ist – was er normalerweise nie tut, ohne anzuklopfen. Ich könnte ihn deshalb anschnauzen, schließlich bricht er gerade ein Versprechen, doch dafür habe ich im Moment zu wenig Kredit bei ihm. Trotzdem brauche ich ein paar Sekunden, um für eine frühmorgendliche Standpauke gewappnet zu sein. Mein Wecker hat noch nicht einmal geklingelt.

„Grmpf", brumme ich schließlich vorwurfsvoll und schäle mich umständlich aus meiner Decke. Wie schon vor dem Einschlafen und einige Male mitten in der Nacht streift mich ein Hauch Nolan-Duft. „Was ist denn los?"

„Da." Steffen deutet mit seinem unrasierten Kinn auf das Tablet, das neben meinem Kopfkissen gelandet ist.

Auf dem Display leuchtet mir ein knallbunter Artikel der Westfalen News 24 entgegen. Den jungen Mann auf dem Foto erkenne ich in Sekundenbruchteilen – und auch das Mädchen daneben. Nolan und Isabella. Diese Kombination erwischt mich eiskalt und ich habe keine Chance, auch nur einen einzigen Buchstaben zu entziffern. Ich sehe nur, dass die beiden Händchen halten und verliebt in die Kamera lächeln – was mir dicke reicht, um ein elendes Gefühl im Bauch zu bekommen. Vielleicht haben sie wieder zusammen irgendein Bankett eröffnet oder ... oder sich am Ende sogar verlobt? Ist Steffen deshalb so aufgebracht? Weil sich bestätigt, was er vorgestern noch geunkt hat – dass ich für Nolan nichts weiter als ein Zeitvertreib bin, bis er in sein wahres Leben zurückkehrt und es in vollen Zügen ausschöpft?

„Anschauen!", wiederholt Steffen streng, als ich meinen Blick vom Tablet abwende. Ich will das nicht sehen.

„Aber ich ... Das ist zu viel Text, dafür bin ich jetzt viel zu müde."

„Musst nix lesen, Roxy. Es gibt ein Video dazu."

Scheiße, ja, beim zweiten Blick sehe ich es auch. Text und Filmbeitrag.

Grummelnd ziehe ich das Tablet zu mir heran und drücke den Wiedergabe-Button. Das Video startet sofort. Nach dem grellen Vorspann lächelt eine überschminkte Blondine in die Kamera und ihre kalte, überhebliche Sprechweise jagt mir schon bei ihren ersten Sätzen Schauer über den Rücken.

„Alles aus und vorbei? Sie galten als das Traumpaar der Reiter-Schickeria von Westfalen, haben erst kürzlich zusammen den Landesreiterball eröffnet und hatten eine glamouröse Zukunft vor sich – doch nun sieht es ganz danach aus, als hätten Nolan Hilbert und Isabella von Hohenstein sich getrennt. Aus gut unterrichteten Kreisen haben wir erfahren, dass Nolan vorerst eigene Wege gehen und sich auf seine Karriere als Sportsoldat in Warendorf konzentrieren möchte – in Kürze entscheidet sich, ob er in den Kader aufgenommen wird. Dennoch scheint die Trennung plötzlich zu kommen. Designerin Lydia von Hohenstein, die Nolan als Model für ihre Rider Dreams-Kollektion verpflichtet hatte, bestätigte, dass die beiden kein Paar mehr sind. Es sei sehr überraschend und für ihre Tochter ein schwerer Schlag, doch die Familien der Hilberts und Hohensteins seien einander schon lange freundschaftlich verbunden und daran werde sich auch in Zukunft nichts ändern. Nolan und Isabella seien noch jung, es sei alles möglich – auch dass die beiden wieder zusammenfinden, so Lydia von Hohenstein. Von Nolan Hilbert selbst war keine Stellungnahme zu bekommen. Er bereitet sich derzeit auf wichtige Qualifikationsturniere in ganz Europa vor, um die letzten Punkte für seine Bewerbung in Warendorf zu ergattern. Also, es bleibt ein Silberstreif der Hoffnung am Horizont für das Traumpaar Nolan Hilbert und Isabella von Hohenstein – und wer weiß, vielleicht gibt es doch ein Happy End und wir sehen Isabella bei Nolans erstem olympischen Turnier in den Zuschauerrängen sitzen?"

„Okay, ich hab genug gehört", verkünde ich so desinteressiert wie möglich, obwohl meine Hand zittert, als ich auf Stopp drücke und die Reporterin endlich ihren dunkelrot getünchten Mund hält. In Wahrheit bin ich mindestens genauso überrascht wie Lydia. Nolan hat sich von Isabella getrennt?

„Hast du etwas damit zu tun?"

„Ich!?"

„Ja, du!" Steffen nimmt das Tablet wieder an sich. „Ging ja fix. Er verbringt eine Nacht bei dir und am nächsten Tag macht er Schluss."

„Aber doch nicht wegen mir!" Es kann nicht wegen mir sein. Auf keinen Fall. Die beiden hingen zusammen wie Pech und Schwefel – da stand nie eine Trennung im Raum.

„Echt? Das glaubst du?" Steffen lacht höhnisch auf und muss gleichzeitig husten. „Roxy, ich bin alles, aber nicht dumm, und du bist alles, aber nicht naiv. Das habe ich dir schon einmal gesagt. Also, können wir ehrlich zueinander sein?"

„Ich bin ehrlich!", rufe ich empört. „Es ist nichts gelaufen zwischen uns, wir haben uns nicht geküsst oder geknutscht oder so, gar nichts!" Na, gar nichts trifft es auch nicht. Wegen gar nichts würde mein Bauch keine krummen Dinger drehen. Denn das tut er immer noch, und zwar in frustrierender Regelmäßigkeit. „Jedenfalls ist nichts passiert, weswegen man sich trennen müsste", füge ich etwas kleinlauter dazu. „Ehrlich, Steffen, das war keine schöne Nacht. Sie war traurig und anstrengend und deprimierend." Und sehr, sehr verschworen. „Ich hab keine Ahnung, warum er das gemacht hat. Vielleicht haben sie sich gestritten, weil Saphir in einen anderen Stall kommen soll. Den wir uns übrigens heute Abend anschauen wollen. Also, wenn ich darf."

„Wir!?"

Oh je. Gleich explodiert er.

„Ja, wir. Nolan und ich. Denn ich soll mich dort um Saphir kümmern." Steffen macht ein Geräusch, als würde ihm ein Seeigel in der Kehle sitzen, den er dringend loszuwerden versucht. Eigentlich hatte ich nach der Schule mit ihm reden wollen, wenn wir beide wacher und besser gelaunt sind. Gestern Abend war ich so k.o. gewesen, dass ich mich nicht dazu in der

Lage gefühlt habe. Es war mir nicht schwergefallen, einen auf krank zu machen. Mir hat wirklich alles wehgetan.

„Es wird kein ‚wir' geben, Roxy. Nicht heute und nicht morgen. Die Romeo-und-Julia-Konstellation hat noch nie funktioniert."

„Stimmt", entgegne ich abgebrüht. „Deshalb weiß ich auch gar nicht, warum du dich so aufregst. Hast es doch eben selbst gehört – Nolan geht nach Warendorf, er ist bald nicht mehr hier und vorher hat er ein Turnier nach dem anderen. Genau deshalb soll ich mich ja um Saphir kümmern. Weil er keine Zeit dafür haben wird. Wir werden nichts mehr miteinander zu tun haben in Zukunft!"

Es ist hart, das auszusprechen. Doch so wird der Hase laufen. In dem Moment, in dem Saphir den Kastanien-Hof verlässt, habe ich dort nichts mehr verloren, während Nolans Pferde auf dem Hof bleiben werden. Unsere Wege haben sich getrennt. Saphir zuliebe.

„Hmhm", macht Steffen unbestimmt, wirkt aber immer noch nicht zufriedener – außerdem sind seine Augen so schmal und klein, als hätte er seit Wochen nicht durchgeschlafen. „Du sollst also in einem anderen Stall für ihn arbeiten?"

„So ähnlich, ja." Ich weiß gar nicht, ob es so was wie Arbeiten sein wird. Darüber haben wir noch nicht gesprochen. Eigentlich habe ich keinen blassen Schimmer, was auf mich zukommt. „Aber erst einmal will er sich den Offenstall angucken, heute Abend um halb sieben. Es ist noch nichts entschieden." Seine Nachricht trudelte gestern Abend um kurz nach zehn ein – als Voicemail. Die Trennung hat er mit keiner Silbe erwähnt.

„Und was bedeutet das, Offenstall? Ist das irgendeine alternative Kommune oder was?" Steffen nimmt die Zigarette zwischen die Finger, die er sich hinters Ohr geklemmt hat, und riecht kurz daran.

„Nein." Ich verkneife mir ein Grinsen. „Die Pferde stehen nicht in Boxen, sondern dürfen jederzeit raus und sich bewegen. Es gibt nur einen Unterstand und sie leben in einer Herde. Das wäre besser für Saphir. Er hat zu weben angefangen."

„Hä?"

„Er tritt auf der Stelle auf und ab und ist nicht mehr ansprechbar." Ich ahme die Bewegung nach, die er dabei mit dem Kopf macht, und in Steffens Gesicht hellt sich etwas auf.

„Ah, okay. Das machen auch manche Kinder. Hospitalismus."

„Genau." Keine Ahnung, was Hospitalismus ist, aber ich muss ihm was in die Hand geben, das ihm vertraut ist. „Eine Verhaltensstörung."

„Trotzdem, Roxy, mir gefällt das alles nicht. Erst schmeißt du hin und willst mit dem Stall nichts mehr zu tun haben, dann stirbt Nolans Pferd und plötzlich ist alles anders, danach trennt er sich von seiner Freundin und will nach Warendorf und du sollst sein Pferd in einem anderen Stall betreuen – ein Pferd, das er seiner Freundin abgekauft hat, weil sie es einschläfern lassen wollte ...“ Gähnend schüttelt Steffen den Kopf und kratzt sich im Nacken. „Da blickt doch kein Mensch mehr durch.“

„Wieso, ist doch ganz einfach“, widerspreche ich und wünschte, ich hätte eine Tasse frischen Kaffee, die ich ihm unter die Nase halten könnte. „Saphir braucht einen Neustart und den will Nolan ihm ermöglichen. Alles andere spielt keine Rolle.“

Wieder lacht Steffen auf, dieses Mal ohne Husten, doch er muss sofort wieder gähnen. „Wenn du nicht wärst, wäre dieses Pferd doch schon lange tot ... Behaupte nicht, dass du dabei keine Rolle spielst.“

„Vielleicht eine kleine. Ich bin nun mal Saphirs Vertraute.“

„Und was hat Nolan davon? Wo ist sein Nutzen von der ganzen Sache?“

„Ich weiß es nicht“, antworte ich ehrlich. Es stimmt, er hat keinen Nutzen davon – seit der Trennung erst recht nicht. Genau das macht mir dabei Angst. Er ist nun nicht mehr verpflichtet, Saphir zu behalten. Wenn ihm der Offenstall nicht passt, kann er ihn ohne Weiteres verkaufen.

„Roxy, das ist alles keine feste Basis. Das weißt du, oder?"

„Bin ich gewöhnt. Ich hatte nie eine feste Basis."

Daraufhin weiß Steffen nichts zu erwidern. Stattdessen gähnt er so heftig, dass eine kleine Träne aus seinem linken Auge rinnt.

„Was ist eigentlich los mit dir?", lenke ich ihn von seinen düsteren Nolan & Roxy-Zukunftsvisionen ab. „Wieso bist du so müde?"

„Hab mies geschlafen ...", antwortet er schlecht gelaunt. „Mir geht unser Gespräch nicht aus dem Kopf. Die Situation ist schwierig, weißt du. Ich will, dass du alle Zeit der Welt hast, und dir vor allem keinen Druck machen, aber wenn du achtzehn bist, brauchst du keinen Vater mehr und ich ..."

„Ich brauche auch jetzt keinen Vater." Dieses Thema liegt ihm also auf der Leber. „Aber wo du es ansprichst ... Vom mir aus kannst du es versuchen."

„Was!?" Steffen reißt so rasch den Kopf hoch, dass die Zigarette von seinem Ohr purzelt. Er hatte sie sich gerade erst wieder dahintergeklemmt. Doch er bückt sich nicht danach, sondern starrt mich aus plötzlich sehr wachen und großen Augen an.

„Na, von mir aus kannst du es versuchen. Mit der Adoption. Ich kann ja nach der Probezeit immer noch Nein sagen.“ Nicht nur Nolan hat in unserer Nacht eine Entscheidung getroffen. Ich habe es auch getan. Ich weiß nicht einmal genau, warum. Ich bin mir immer noch nicht sicher, ob ich einen dritten Familien-Versuch starten will und Steffen und ich als Vater-Tochter-Team taugen. Aber wenn ich ehrlich bin, haben wir unsere festgelegten Grenzen längst gesprengt. Vielleicht waren sie auch nie da gewesen. Außerdem kann mich niemand zwingen. Wie bei einer Hochzeit kann ich im allerletzten Moment Nein sagen. „Mir wäre es nur lieb, wenn du irgendwann zu rauchen aufhörst. Ich möchte nicht in einer Qualmbude leben.“ Und ich möchte dich eine Weile behalten, wenn du schon mein Vater wirst. Falls du es wirst. Irgendwann.

„Okay, das ... Das ist eine Motivation. Eine ziemlich gute sogar.“ Steffen glotzt auf die Zigarette, als könnte sie ihm in den Knöchel beißen, wenn er nicht aufpasst, und schaut dann wieder mich an. „Das muss unser Geheimnis bleiben, Fledermaus. Die anderen dürfen keinen Wind davon bekommen. Larissa nicht und Clemens nicht und Diana erst recht nicht. Ja?“

„Klar. – Darf ich denn jetzt mit Nolan den Stall anschauen?“ Ich pokere gerade wie ein Weltmeister und finde es selbst nicht besonders toll. Aber egal ob Steffen mal mein Vater wird oder nicht; er hat Nolan gefressen und ich muss jeden schwachen Moment seinerseits nutzen, wenn es um ihn geht. „Du kannst ja mitfahren, wenn du magst“, biete ich ihm an, als er mich finster anstiert. „Kein Thema.“ Bitte fahr nicht mit. Bitte, bitte nicht.

„Geht nicht. Hab eine Sitzung heute Abend. Ich denk noch mal drüber nach und sag dir nach der Schule Bescheid.“

Okay, mehr kriege ich heute früh nicht – und ich habe auch keine Zeit zu diskutieren. Mir bleiben noch genau fünfzehn Minuten, um zu duschen, mich anzuziehen und zu frühstücken. Dann steht der Bus vor der Tür.

Ich warte, bis Steffen mit einem knappen Nicken und dem Tablet in der Hand mein Zimmer verlassen hat, drücke ein letztes Mal meine Nase in mein Kissen und husche ins Bad. Während ich unter der Dusche stehe, kann ich an nichts anderes als an das Video denken, an all die Behauptungen, Gerüchte und Mutmaßungen.

Nolan hat sich nicht wegen mir von Isabella getrennt. Das kann nicht sein. Steffen irrt sich. Die beiden verbindet viel zu viel, als dass jemand wie ich es zerstören könnte, und es wird ja bereits jetzt darüber gemutmaßt, dass sie wieder zusammenkommen. Lydia wird Nolan nicht so einfach aus ihren Fängen lassen.

Aber für den Augenblick ist Raum frei geworden in Nolans Leben.

Ich weiß nicht, ob ich das Recht habe, ihn zu betreten.

BEFLÜGELT

„Okay. Das muss es sein." Nolan lenkt seinen nagelneuen silbergrauen SUV (Geburtstagsgeschenk vom Papa) in den Schatten zweier Bäume, schaltet den Motor aus und blickt wie ich nach vorne. Er setzt an, etwas zu sagen, überlegt es sich aber im letzten Moment anders. Ja, das ist mit dem Kastanien-Hof nicht zu vergleichen. Die Zufahrt ist unbefestigt und voller Pfützen, ich sehe weder eine Reithalle noch einen Springplatz noch eine Schänke oder gar einen Stalltrakt mit Boxen. Alles, was wir von hier aus erkennen können, sind zwei verwaiste, gepflasterte Paddocks, jeweils zur Hälfte unter dem Dach, zur Hälfte unter freiem Himmel, eine kleine Hütte und ein weiteres kleines Gebäude mit einem Heuboden darüber. Am Dach des vorderen Paddocks bewegt sich ein Holzschild im schwülen Abendwind vor und zurück. „White Wing Ranch." Darüber wehen ein paar bunte Gebetsfähnchen, die Diana wahrscheinlich Entzückensschreie entlockt hätten.

„Muss ich auch aussteigen?“, nölt es gelangweilt von hinten. Seufzend drehe ich mich zu Clemens um, der schief im Sitz lehnt, wie fast immer mit dem linken Knie wackelt und die Kopfhörer in den Ohren stecken hat. Weder wollte er mitfahren noch wollte ich ihn dabeihaben. Seine Begleitung war Steffens Bedingung für meinen abendlichen Ausflug mit Nolan, meine Einwände blieben unkommentiert.

„Nein, musst du nicht. Wird aber ein bisschen dauern.“ Ich höre mich an wie eine leicht genervte Mutter, die sich um Geduld mit dem Nachwuchs bemüht.

„Kein Ding“, ächzt Clemens und zieht sein Handy raus, um zu daddeln. Nolans Augen gucken noch immer suchend nach vorne, doch schließlich gibt er sich einen Ruck und löst den Gurt.

„Na dann.“ Schweigend steigen wir aus, schließen die Türen und laufen im Gleichschritt zu der Hütte. Wir sind zu früh dran, aber ich hätte es im Wagen keine Sekunde länger ausgehalten. Noch habe ich mit Nolan kein einziges privates Wort wechseln können – und jetzt traue ich es mich nicht mehr. Er wirkt grüblerisch und verschlossen. Ob er seine Trennung von Isabella bereits bereut? Oder ist es die Trauer um Jakob, die ihn plagt?

Mit kritischer Miene betrachtet er die Paddocks, prüft die Tore und deren Verriegelung, klopft gegen die hölzernen Außenwände des überdachten Bereichs, wirft einen Blick nach oben und dreht sich abschließend einmal um sich selbst, als wollte er von hier aus herausfinden, ob die Ranch ein guter Platz für Saphir sei. Dabei haben wir bisher nur einen Bruchteil des Stallgeländes gesehen. Doch auch ich fühle Nervosität in mir aufsteigen. Bisher hat sich kein einziges Pferd gezeigt, auch die Raufen sind leer. Wo stecken sie nur?

„Da kommt sie", verkündet Nolan halblaut und richtet sich zu seiner vollen Größe auf. „Lass mich das machen, ja?"

Ich erspare mir eine Antwort. Hat er Schiss, ich könnte ihn blamieren? Es ist sein Pferd, ich habe hier doch gar nichts zu entscheiden.

„Hallo, da seid ihr ja schon!" Meine Anspannung legt sich sofort, als ich die Stimme der Stallbesitzerin höre. Sie klingt warm und angenehm – und sie spricht nicht zu laut. „Das ist ja mal ein ganz hoher Besuch heute." Sie lacht, ebenfalls ein angenehmes Geräusch, und ich mag es, dass sie nicht in Ehrfurcht erstarrt, weil ein solch bekannter und erfolgreicher Reiter auf ihrem Hof steht. Außerdem trägt sie keine Reithosen und karierte Socken, sondern eine verwaschene Jeans, staubige Stallboots und ein T-Shirt – ganz ähnlich wie ich. „Kathrin Hoch. Hallo, ihr beiden. Ihr könnt Kathrin zu mir sagen."

„Nolan." Erst schüttelt Nolan ihre Hand, dann strecke ich ihr meine entgegen. „Das ist Roxy, meine Reitbeteiligung und Pferdeflüsterin."

„Oh, das klingt gut." Kathrin lacht erneut und schaut mir dabei direkt ins Gesicht. Verlegen senke ich den Kopf. Reitbeteiligung und Pferdeflüsterin – Nolan, du übertreibst. Aber es ist mir lieber, als wenn er mich wie ein Nichts behandelt. „Pferdeflüsterer können wir hier immer gebrauchen."

„Roxy würde sich um Saphir kümmern. Du hättest also mehr mit ihr zu tun als mit mir."

„Ist doch schön, wir haben noch eine andere Reitbeteiligung in deinem Alter", erwidert Kathrin und wendet sich mir lächelnd zu. „Vielleicht könnt ihr zusammen ins Gelände gehen."

„Mal schauen", erwidere ich zurückhaltend. „Saphir ist noch ... Er ist noch nicht so weit." Und ich bin es auch nicht. Nicht für neue Menschen.

„Na, er sollte sich ja auch erst einmal an die Herde gewöhnen. Nichts muss, alles kann."

„Wo ist die Herde denn?" Nolan sagt kein Wort mehr, seitdem er mich vorgestellt hat, und Kathrin scheint es normal zu finden, dass sie mit mir spricht statt mit ihm.

„Auf einer unserer Sommerweiden. Die Pferde stehen nur in den Winterhalbjahren in den Paddocks."

„Sie sind also Tag und Nacht draußen?“, vergewissert Nolan sich skeptisch, während mein Herz freudig klopft. Ich weiß gar nicht, warum wir hier noch rumstehen. Ich will raus zu den Weiden und die Pferde kennenlernen!

„Ja, das machen wir schon seit Jahren so. Wir haben große Weideflächen und können sie regelmäßig wechseln. Das klappt ziemlich gut. Ihr könnt Saphir zur Eingewöhnung natürlich nachts in den Paddock stellen. – Kommt, ich führe euch herum. Ich bin etwas in Eile, aber ihr könnt euch danach noch in aller Ruhe umsehen.“

Ich kann die Informationen kaum filtern, die auf mich einprasseln, während Kathrin uns die Hütte, die Paddocks, den kleinen Reitplatz und die Sattelkammer zeigt. Es ist eine völlig neue Welt, in die ich hier eintauche. Am liebsten würde ich mich von den beiden abseilen und alleine die Umgebung erkunden, doch ich tapse still hinter ihnen her, bis Kathrin sich fröhlich winkend von uns verabschiedet.

Nolan lehnt mit den Händen in den Hosentaschen im Türrahmen zur Sattelkammer und stiert gedankenverloren auf die mit Schlammspritzern überzogenen rostigen Spinde.

„Und?“, frage ich bang, weil er nichts sagt. „Was meinst du?“

„Sie ist Lehrerin", entgegnet er düster, ohne den Blick von den Spinden zu lösen.

„Na und?"

„Sie ist keine Pferdewirtin, Roxy. Ihr Vater ist Rinderlandwirt, das ist alles, sie macht das nebenbei mit dem Stall, es ist ihr Hobby!"

„Aber das ist es bei mir doch auch. Ich hab auch keine Ausbildung", wende ich so ruhig wie möglich ein, obwohl meine Anspannung wieder steigt. „Trotzdem willst du, dass ich mich um Saphir kümmere."

„Und dann die Sattelkammer ..." Nolan löst sich aus seiner Starre und winkt mich herein. „Guck dich doch mal genauer um!"

Ja, gut, hier würde ich nicht vom Boden essen. Irgendwie muss Feuchtigkeit eingedrungen sein, ein schmales Rinnsal Wasser läuft unter dem Regal hervor. Auch könnte mal wieder aufgeräumt und geputzt werden. Trotzdem gibt es eine Spüle, an die Wand genagelte Hufeisen, an denen die Halfter hängen, Befestigungen für die Sättel und Trensen und für jedes Pferd einzelne Futterbehälter.

„Ist alles da, was man braucht, oder?"

„Hier gibt es nicht einmal eine Toilette, Roxy!"

„Aber einen Wald. Direkt neben dem Stall."

Nolan schüttelt knurrend den Kopf. „Die Ranch hat keine Halle. Keine beheizte Schänke. Nur diese kleine

Hütte und die Sattelkammer. Im Winter müssen die Einsteller die Paddocks ausmisten, weißt du, was für eine Arbeit das ist? Und wie willst du überhaupt hierher kommen?"

„Mit dem Bus? Oder dem Fahrrad? Ist doch nicht so weit."

„Es sind acht Kilometer! Ich weiß nicht einmal, wie wir Saphir zur Ranch kriegen sollen. Denn in den Hänger wird er nicht gehen, das kannst du vergessen nach dem Drama beim Ausladen."

„Warum sind wir denn dann überhaupt hier?" Ich hasse es, dass meine Stimme zu wackeln beginnt, aber Nolans Schwarzseherei zerrt an meinen Nerven. „Damit du guten Gewissens sagen kannst, dass alles keinen Sinn hat und du ihn lieber verkaufst?"

„Nein", erwidert Nolan betont ruhig. „Ich glaube nur, dass du nicht weißt, was auf dich zukommt, und ich werde dir nun mal nicht dabei helfen können."

„Nolan, ich hab auf der Straße gelebt und im Winter bei Regen und Schnee im Freien gepennt! Glaubst du echt, dass einmal Ausmisten pro Woche mich überfordert, wenn ich danach wieder ins Warme kann?"

„Aber ein arabisches Vollblut in so einem Stall ..."

Jetzt geht das wieder los. „Das weiß Saphir doch gar nicht! Ob er ein Vollblut ist oder nicht ... Er ist ein Pferd und was gibt es für ein Pferd Schöneres, als zusammen mit anderen Pferden unter freiem Himmel auf der Weide zu sein? Nur die echte Freiheit ist schöner!"

Weil ich nicht schon wieder ein neues Gegenargument hören will, drehe ich mich herum, stürme aus der Sattelkammer und durchquere die Paddocks, um den kleinen Feldweg zu den Weiden anzusteuern, vorbei an Gemüsegärten und einem Gehege mit kunterbunter Hühnerschar. Wenn Nolan schon tausend Einwände gegen diese Ranch hat, dann will ich wenigstens die Herde sehen, bevor er beschließt, dass dies kein Ort für Saphir ist. Ich kenne Pferde nur eingesperrt in Boxen und kleinen Zirkuswagen, ich möchte sie endlich mal anders erleben!

„Roxy! Roxy, jetzt warte doch mal ..."

Doch ich bin schon in einen leichten Joggingtrab gefallen. Ohne mich nach Nolan umzuschauen, lasse ich das letzte Haus des Dorfes hinter mir und gucke suchend nach rechts und links. Doch ich muss mich gar nicht orientieren. Jeder der schmalen Wege, die teils mit Schotter bestreut, teils grasbewachsen sind, führt zu einer weitläufigen, hügeligen Weide, die bis an den abfallenden Waldrand grenzt – und auf dieser Weide sehe ich Pferde grasen. Das müssen sie sein.

Ehe Nolan zu mir aufschließen und mich stoppen kann, schlüpfe ich zwischen den tickenden Litzen des Zauns hindurch und laufe noch ein paar schnelle

Schritte, bevor ich mein Tempo drossele. Die Pferde haben mich längst bemerkt. Ohne sich zu erschrecken oder gar zu flüchten, halten sie inne, heben ihre Köpfe und drehen sich nach mir um. Blinzelnd schaue ich ihnen entgegen, direkt in die untergehende Sonne hinein. Fast ist mir, als müsste ich mich vor ihnen verbeugen, so majestätisch erscheinen mir ihre Silhouetten im abendlichen Gegenlicht. Außerdem bin ich in ihr Revier eingedrungen – etwas, was ich gar nicht mag, wenn man es bei mir macht. Deshalb wende ich mich nach dem ersten Schauen leicht von ihnen ab und senke mein Kinn, obwohl ich mich kaum an ihrem Anblick sattsehen kann.

Es sind acht Tiere, quer durch alle Rassen und Größen, aber mir kommen sie in diesem Moment vor wie eine riesige Herde und ich spüre eine brennende Sehnsucht, Saphir jetzt sofort zu ihnen zu lassen. Ach, ich will selbst zu ihnen, mich unter sie mischen. Zwei von ihnen laufen mir bereits in einem zielstrebigen, aber gleichmäßigen Schritt entgegen; ein großer, stattlicher cremefarbener Wallach, der der Herdenchef zu sein scheint, und ein winziges, rotbraunes Ponystütchen mit wilder Zauselmähne. Ich weiß, dass Nolan längst am Zaun steht und mich beobachtet, wahrscheinlich mehr genervt als erfreut, doch ich drehe mich nicht zu ihm um.

„Hallo, kleine Elfe", flüstere ich, als die Shettystute mich erreicht hat, und gehe in die Hocke, damit sie mich ausgiebig beschnuppern kann. Keck stupst sie ihre Nüstern gegen meine Wange und ich wage es, mich vor sie auf das Gras zu setzen. Nun ist auch der sandfarbene Wallach zu uns getreten. Er ist so groß, dass sein Schatten auf mich und die kleine Stute fällt, doch sein tiefer Atem klingt ruhig und entspannt. Nun wandern zwei Pferdenasen über meine Haare und meinen Nacken.

„Okay, das reicht." Ich höre, wie hinter uns der Zaun geöffnet und wieder geschlossen wird. „Ab!", ruft Nolan energisch und scheucht die beiden Neugierigen von mir weg. Der Wallach gehorcht mit einem weiteren Durchschnaufen, während die kleine Stute die Ohren anlegt und von Nolans Gewedel sichtlich unbeeindruckt bleibt. Auch ich würde die Ohren anlegen, wenn ich es könnte. Wieso stört er uns? „Steh auf, Roxy, das ist zu gefährlich, da zu sitzen. Du kennst die Pferde doch gar nicht." Nun trollt sich auch die Stute und läuft dem Wallach hinterher, der in gemächlichem Tempo wieder zur Herde aufschließt. Ein paar der Tiere nehmen schon wieder die Köpfe runter, um weiterzugrasen – und ich bleibe demonstrativ sitzen.

Es vergehen ein paar Sekunden, bis Nolan sich mit einem undefinierbaren Grunzen im Schneidersitz neben mir niederlässt. „Sturkopf“, murmelt er, und es klingt, als hätte er kapituliert. Ich will nicht mit ihm reden. Nur zusammen hier sitzen, die warme Abendsonne auf dem Gesicht spüren, schauen und lauschen. Sogar aus der Ferne können wir die Pferdemäuler das Gras rupfen und kauen hören, hin und wieder unterbrochen von einem kräftigen Schnauben. Über uns kreischen Schwalben, im Wald singen die Vögel, die ersten Grillen zirpen und im höheren Gras am Rand der Weide summen Bienen und Hummeln. Überhaupt – die Luft ist voll von kleinen Käfern, Fliegen und Faltern, ein ständiges Gewusel aus winzigen, glitzernden Körpern. Nun steht sogar eine Libelle in der Luft, sie scheint uns fest anzugucken, bevor sie plötzlich ihre Flughöhe ändert und lautlos davonschießt.

„Du solltest dich nachher unbedingt nach Zecken absuchen.“

„Oh Mann ...“ Mit einem unwilligen Schnaufen lasse ich mich ins Gras fallen. „Kannst du endlich mal deine schwarze Brille abnehmen?“ Nolan antwortet nicht, sondern schaut sich sorgfältig um und rückt dann ein Stückchen zu mir, um mich von oben anzusehen.

„Sorry. War kein so lustiger Tag heute.“

„Bei mir auch nicht“, gebe ich etwas sanfter zurück. „Wurde mit einem brandneuen Video über die westfälische Schickeria geweckt.“

„Oh ...“ Nolan schließt die Augen und streicht sich verlegen über seinen Nacken. „Du hast also ...“

„Ja, Steffen hat es entdeckt und jetzt glaubt er, ich hätte was damit zu tun. Er war stinksauer. Dabei ist das doch totaler Mist.“

Nolan widerspricht nicht und sein Gesicht bleibt so nachdenklich, dass ich nicht mehr entspannt liegen bleiben kann. Argwöhnisch richte ich mich auf.

„Es ist doch Mist, oder?“

„Na ja ...“ Nolan atmet so schwer durch, dass sein dünnes Shirt über seiner Brust spannt. „Nicht ganz.“

„Nicht ganz? Was soll denn das heißen?“ Unruhig verschränke ich meine Finger ineinander. Auf einmal nerven mich die vielen Insekten um uns herum; ich habe das Gefühl, sie sitzen in meinen Haaren und krabbeln über meine Kopfhaut. „Nolan?“

„Also gut.“ Langsam wendet er seinen Kopf, um mich anzuschauen. Sein Blick ist nicht mehr so kritisch und düster wie eben noch in der Sattelkammer, aber sehr ernst. Trotzdem regt sich ein zartes Schmunzeln in seinen Mundwinkeln. „Du magst mich für einen Spießer halten, aber wenn ich die Nacht neben einem anderen Mädchen verbringe und zwischendurch seine Hand halte, kann ich am nächsten Tag nicht zu meiner Freundin zurückgehen und so tun, als wäre nichts gewesen. Das bringe ich nicht fertig.“

Und ich bringe es nicht fertig, etwas dazu zu sagen. Jetzt ist es endgültig Wirklichkeit, ich kann es förmlich zwischen uns spüren. Wir haben nebeneinander in meinem Bett gelegen und Händchen gehalten. Oh Gott, Händchen gehalten, wie das klingt! Es war etwas völlig anderes. Und doch weiß ich, was er meint. Ich spüre es schon die ganze Zeit. Über Nacht haben sich ganze Welten verschoben, unverrückbar.

„Aber vor allem muss ich das mit Jakob erst einmal verdauen. Und mich auf meine Turniere konzentrieren." Das klingt nun wie auswendig gelernt; wahrscheinlich hat er diese Argumente auch schon Isabella gegenüber benutzt. „Weißt du, wenn ich Kummer habe und will damit nicht zu meiner Freundin gehen, sondern zu jemandem, den ich kaum kenne – dann kann die Beziehung nicht stimmen, oder? Ich brauche Zeit, um darüber nachzudenken."

Ich erwidere immer noch nichts. Nolans Worte hören sich ganz anders an als heute Morgen. Als hätte er sich in eine starre, graue Muschel zurückgezogen, in der ihn niemand erreichen kann. Ich kenne diese Muscheln so gut. Es hat nicht viel Sinn, an ihnen zu rütteln.

„Und was ist mit Saphir?", durchbreche ich nach einigen Minuten unsere gedankenversunkene Stille. „Willst du dich auch von ihm trennen?"

Nolan wedelt eine Fliege weg, bevor er seine Hände hinter sich ins Gras stemmt und die Beine lang ausstreckt. „Vernünftig wäre es. Ich hatte deshalb einen riesigen Streit mit meinem Vater."

Wieder weiß ich nicht, was ich sagen soll. „Das ist keine feste Basis", hat Steffen heute Morgen noch geunkt. Nolan hat keinen Vorteil davon, Saphir zu behalten. Im Gegenteil, er kostet ihn sogar Geld.

„Aber irgendwie kann ich es nicht", redet Nolan zögernd weiter. „Ich will ihn dir nicht wegnehmen. Außerdem kommt es mir wie eine Wiedergutmachung an Jakob vor, wenn ich Saphir behalte und freilasse."

„Freilasse?"

„Ja." Mit einem unterdrückten Stöhnen zieht Nolan die Beine an. Sein Knie scheint ihn wieder zu plagen. „Jetzt ist der Sommer da. Kleine Herde, mageres Gras, große Weiden, wir können es von mir aus versuchen. Aber wenn es Schwierigkeiten gibt, dann ..."

„Gibt es nicht!", rufe ich und lache erleichtert auf. „Wieso sollte es Schwierigkeiten geben, er darf endlich Pferd sein!"

„Ja, und genau das kennt er nicht. Es ist ein Versuch, Roxy, ohne Garantie, dass er hier auf Dauer bleiben kann. Kathrin hat selbst gesagt, dass es gelegentlich schwierig sein kann, Pferde in eine bestehende Herde zu integrieren."

„Ich brauche keine Garantie, ein Versuch reicht mir völlig!“ Ich möchte ihm gerne zeigen, wie sehr ich mich über seine Entscheidung freue, aber mir fällt nicht ein, wie. „Ich hab schon gedacht, du sagst Nein ...“

„Ich war auch kurz davor. Aber dann hab ich dich auf der Weide gesehen, mit den beiden Pferden. Du hast gewonnen, Roxy.“ Nolan grinst mich müde an. „Ich bin heute ein schwacher Gegner.“

„Du bist kein Gegner“, sage ich nachdrücklich, obwohl mein Glück mit Saphir immer noch von ihm abhängt – und daran wird sich nichts ändern. Ich werde mir ein solches Pferd niemals leisten können. Weder in der Anschaffung noch im Unterhalt.

Nolans Grinsen wird schwächer, als er mich von der Seite ansieht, intensiv und aufmerksam. „Traust du es dir denn zu, ihn vom Gestüt hierher zu führen? Durch den Wald und über die Felder?“

„Klar!“, versichere ich vorschnell, obwohl ich den Weg gar nicht kenne. Doch Kathrin hat vorhin gesagt, dass es möglich ist. Saphir ist nicht das erste Pferd in ihrem Stall, das vom Kastanien-Hof stammt. Eine andere Einstellerin hat dem Gestüt vor Jahren ein Schulpferd abgekauft und es ebenfalls zu Fuß zur White Wing Ranch gebracht.

„Sicher?“

„Ja, das wird schon gehen. Es muss gehen“, beharre

ich, als ich Nolans zweifelnden Blick sehe. „Er vertraut mir ja und wir können beide laufen."

„In Ordnung. Ich bin nämlich das ganze Wochenende auf Turnier und er sollte den Stall so bald wie möglich verlassen. Am besten gleich am Samstag. Das ist der früheste Termin, den Kathrin uns geben kann."

Ich ahne, dass Nolans Eile nicht mit Saphirs Weben zu tun hat, sondern weil dieses Pferd nach Nolans Trennung von Isabella auf dem Gestüt nicht mehr erwünscht ist. Wahrscheinlich hat Lydia Nolan die Pistole auf die Brust gesetzt.

„Ich hab den ganzen Samstag Zeit. Kein Problem."

„Dann bringe ich freitags seine Ausrüstung hierher und mache den Vertrag mit Kathrin und du kommst Samstagmorgen aufs Gestüt, wenn ich Lady und Torero verlade, ja?"

Ich nicke zustimmend. Das klingt nach einem guten Plan, auch wenn ich dafür noch einmal in die Höhle des Löwen gehen muss – und Nolan Saphir und mich nicht auf unserem Weg in die Freiheit begleiten kann. Den müssen wir ganz alleine bewältigen.

„Sehen wir uns ... ich meine ..." Stockend breche ich ab und setze neu an. „Kommst du denn ab und zu mal vorbei, um nach Saphir zu schauen, oder ...?" Oder war es das dann? Begegnen wir uns danach nie wieder?

„Wann immer es möglich ist. Ist doch mein Pferd.

Und ein paar Reitstunden sind wohl auch noch fällig." Nolan lächelt mich bedeutungsvoll an und kurz begegnen sich dabei unsere Augen, ein Gefühl, als würde ein Gewittersturm durch mein Herz rasen. „Aber die meiste Zeit wirst du alleine mit ihm zurechtkommen müssen."

Ja, und darauf freue ich mich jetzt schon. Von nun an wird Saphir und mir niemand mehr im Weg stehen. Ich werde mit ihm auf dem Platz sein können, ohne ihn reiten zu müssen, wir dürfen im Wald spazieren gehen und Zeit auf der Weide verbringen. Ich würde am liebsten sofort damit beginnen.

Doch gleichzeitig fühle ich mich ein wenig verloren, als würde ich vollkommenes Neuland betreten, ohne Kompass und Karte. Nolan war immer in der Nähe gewesen, wenn ich Saphir begegnet bin. Er hat uns begleitet. Ab jetzt sind wir nur noch zu zweit.

Ein Weilchen sitzen wir noch wortlos nebeneinander im Gras, während die Pferde langsam näher rücken und die Sonne glutrot hinter die Hügel taucht, um alles um uns herum mit ihrem Licht zu vergolden, bis wir uns in stillem Einverständnis erheben, die Weide verlassen und zurück zum Auto laufen.

Den nächsten Sonnenuntergang auf der White Wing Ranch werde ich ohne Nolan erleben.

Doch dafür wird endlich Saphir an meiner Seite sein.

STARTSCHWIERIGKEITEN

„Saphir, bitte! Es ist doch nur eine Bank ..." Ich weiß, dass meine Worte sinnlos sind und er mich in seiner Panik gar nicht mehr hören kann. Für ihn ist die hölzerne Bank, die vor uns am Rande des Feldweges steht, ein lebensbedrohliches Ungeheuer. Sobald ich vorsichtig am Strick ziehe, um ihn dazu zu bewegen, einen Schritt nach vorne zu machen, sperrt er sich scheuend und steigend dagegen und mittlerweile verlässt mich langsam meine Kraft. Meine Handinnenflächen sind bereits wund gescheuert, meine Arme zittern vor Anstrengung, der Schweiß läuft mir den Rücken hinunter. Doch vor allem rast mein Herz. Ich habe fast genauso viel Angst wie er – und er spürt das. Er kann mir nicht mehr vertrauen.

Schnaubend geht er einen Schritt rückwärts und die Haut an meinen Fingern reißt auf. Doch ich lasse ihn nicht los. Beim nächsten Ruck schmerzt meine Schulter so stark, dass ich laut aufheule.

„Was soll ich denn jetzt nur machen?“ Angstvoll schaue ich mich um. Wenn mir der Strick aus den Händen gleitet, weil ich keine Kraft mehr habe, gibt es niemanden, der mir helfen oder Saphir aufhalten kann. Wir sind ganz alleine, umgeben von Feldern, Wiesen und dem nahen Wald. Ich habe keine Ahnung, wohin er laufen würde, aber in einem bin ich mir erschreckend sicher: Er würde nicht bei mir bleiben. Plötzlich kocht Wut in mir hoch – Wut auf Nolan, der nicht da ist, um mir zu helfen, und mich alleine mit Saphir losgeschickt hat. Aber ich kann ihm das nicht vorwerfen; ich habe ihm mehrfach versichert, dass es keine Probleme geben würde und wir das schon hinkriegen würden. Wie sehr hatte ich mich doch getäuscht.

Bereits die ersten Meter vom Stall in den Wald hinein waren eine reine Geduldsprobe gewesen. Saphir hat sich nur tänzelnd und drehend fortbewegt und ständig erschreckt – vor aufflatternden Vögeln, in der Ferne vorbeifahrenden Autos, bellenden Hunden, Baumstämmen, dem rauschenden Wind in den Blättern der Büsche, sanft brummenden Flugzeugen und Spaziergängern, die weit weg als bunte Punkte durch das Grün leuchteten.

Irgendwann war er etwas ruhiger geworden und wir sind rascher vorangekommen – bis zu dem Zeitpunkt, als wir die Anhöhe erreicht haben, auf der er jetzt keinen Meter weitergehen will. Wegen einer Bank. Einer Bank! Nie im Traum habe ich mit so etwas gerechnet. Dabei sitzt nicht einmal ein Mensch auf dieser Bank. Da ist nichts, was ihm wahrhaft gefährlich werden kann, außer seiner eigenen Panik. Seit fast einer Stunde versuche ich, ihn zu überreden, an der Bank vorbeizugehen – ohne die geringste Chance.

Wir sind beide verschwitzt; wir zittern und schnaufen, er vor Angst, ich vor Verzweiflung und Erschöpfung. Doch im Gegensatz zu ihm weiß ich, dass nur dieser eine Weg uns zu seinem neuen Zuhause führt. Es gibt keinen anderen Weg. Wir *müssen* ihn gehen.

Natürlich hat er längst begriffen, dass ich es bin, die ihn festhält, wodurch die scharfe Hengstkette, die Nolan ihm sicherheitshalber übergezogen hat, immer wieder schmerzhaft auf seinen Nasenrücken drückt. Er lässt mich nicht mehr an sich heran. Ich habe keine Chance, ihn zur Beruhigung zu streicheln und seinen Hals zu kraulen, wie ich es sonst so oft getan habe. Ich hasse es, ihm das alles aufbürden zu müssen, den Zwang und die Schmerzen, doch wenn er auf die nahe Landstraße läuft, könnte ihn das sein Leben kosten.

Wieder versucht er, sich rückwärts von mir wegzubewegen, mit verdrehten Augen und einem sonoren Prusten. Obwohl die Muskeln in meinen Oberarmen zu krampfen beginnen, umklammere ich verbissen den

Strick, schaffe es aber nicht, stehen zu bleiben, sondern sinke wie ein Häuflein Elend auf den Asphalt. Saphir zerrt mich ein paar Zentimeter über den harten Untergrund, sodass meine dünne Jeans an den Knien aufreißt, bleibt dann aber mit pumpendem Atem stehen.

Es nützt alles nichts, ich muss Nolan anrufen. Nur er kann mir sagen, was ich tun soll. Einen Moment lang muss ich an unseren Abschied auf dem Kastanien-Hof denken, der erst wenige Stunden zurückliegt und mir vorkommt wie eine Filmaufnahme aus einem alten Leben, in dem noch alles gut gewesen ist. Obwohl es das nie war.

Als ich Saphir aus dem Stall geführt habe, stand Nolan zusammen mit Isabella und Marek neben dem Hänger, in den er Lady verladen hat, und um gleich darauf ins Auto zu steigen und zu seinem Turnier aufzubrechen. Es überraschte mich nicht, zu sehen, dass Isabella bei ihm war. Doch weh tat es trotzdem. Auch spürte ich die Blicke der anderen Reiter, die sich vor der Schänke versammelt hatten, um Nolan alles Gute zu wünschen, und es kaum erwarten konnten, mich den Hof verlassen zu sehen. Ich war mit Saphir schon fast am Tor angelangt, als Nolan plötzlich die Tür des Wagens öffnete, ausstieg und mit schnellen Schritten zu mir lief. Jetzt klebten die Augen der anderen an ihm und nicht an mir. Sie konnten nicht glauben, was er da tat, und auch mir fiel es schwer. Ein paar Sekunden lang dachte ich, er hätte etwas im Stall vergessen und meinte gar nicht mich, doch er steuerte direkt auf mich zu, mit festem Blick und einem Lächeln auf seinen Lippen. Doch ich sah auch, dass ihm die ganze Situation unangenehm war.

„Jetzt verschwindet das Pack endlich vom Hof, was?“, murmelte ich mit dunkler Stimme und traute mich kaum, in seine Augen zu schauen.

„Sag so was nicht, Roxy.“ Nolan strich Saphir sanft über den Nasenrücken. „Ich bin froh, dass du hier warst. Du wirst meinen Pferden fehlen.“ Sein Lächeln vertiefte sich. „Mir wahrscheinlich auch. Du hast mir echt geholfen.“

„Hab ich gern gemacht.“ Ich wusste immer noch nicht, wohin ich gucken sollte. Zu deutlich spürte ich die missbilligenden Blicke der anderen. Wenn Nolan nicht bald wieder zu ihnen ging, würde er noch Ärger bekommen.

„Gute Reise euch beiden.“ Noch einmal fuhr Nolan mit dem Handrücken über Saphirs Nüstern, und mir war dabei fast, als meinte er eigentlich mich damit. „Schick mir eine Nachricht, wenn ihr auf der Ranch angekommen seid. Und wundere dich nicht, falls ich nicht sofort antworten kann. Turniere sind ziemlich stressig.“

„Kein Problem." Nolan machte immer noch keine Anstalten zu gehen, obwohl Isabella mit Marek zu tuscheln begonnen hatte und auch die anderen Reiter vor der Schänke die Köpfe zusammensteckten. Was wollte er noch von mir? „Nolan? Solltest du nicht …"

„Nicht erschrecken, ja?", unterbrach er mich leise, bevor er mich ganz vorsichtig, als könne ich dabei zerbrechen, an sich zog und ein paar Atemzüge lang in seinen Armen hielt. „Mach's gut, Roxy."

Ich war so überrumpelt, dass ich mich weder wehrte noch seine Umarmung erwidern konnte, doch jetzt sehne ich mich auf einmal so sehr nach seiner Nähe, dass ich es bereue, derart kühl gewesen zu sein. Nolan hat mich vor allen anderen umarmt und ihnen damit gezeigt, dass ich ihm wichtig bin. Aber bin ich ihm denn auch wichtig genug, dass ich ihn mitten in den Vorbereitungen zu einem Turnier stören darf? Wird er mir überhaupt helfen können? Schließlich wird er nicht kommen können – und selbst wenn, bis dahin würde ich Saphir sowieso nicht festhalten können. Trotzdem ist er der Einzige, an den ich mich in dieser verzweifelten Situation wenden kann. Ich muss es versuchen.

„Ganz ruhig, Saphir", flüstere ich, löse eine Hand vom Strick und ziehe blitzschnell mein Handy aus der Tasche, um es rücklings auf den sonnenheißen Boden zu legen. Saphir nutzt die Situation sofort, um sich gegen den Strick zu stemmen, doch bevor er mir entgleiten kann, habe ich die andere Hand wieder dazu genommen. Mit dem Ellenbogen aktiviere ich das Handy und suche dann mit der Nasenspitze Nolans Nummer heraus. Es muss bescheuert aussehen, wie ich hier auf dem Boden kauere und mit der Nase auf dem Handy herumdrücke, doch noch furchteinflößender als die Bank kann ich für Saphir nicht sein.

Erst beim dritten Versuch schaffe ich es, den grünen Hörer zu treffen, und das Freizeichen erschreckt Saphir so sehr, dass er einen Hopser zur Seite macht und mich erneut über den harten Boden schleift. Doch noch bin ich nah genug am Handy, um hören zu können, dass Nolan abnimmt.

„Hi Roxy. Seid ihr endlich gut angekommen? Ich hab mir schon Sorgen gemacht." Keuchend kämpfe ich mit Saphir, der vor Nolans Stimme scheut und mich immer weiter weg zu zerren droht.

„Roxy? Alles in Ordnung bei euch?"

„Nein!", rufe ich gepresst, während der Strick sich fast bis zum Zerreißen spannt. „Hörst du mich?"

„Ja, ich kann dich hören." Aber ich höre dich kaum mehr, denke ich panisch. Das Handy ist viel zu weit weg. Bäuchlings versuche ich, zu ihm zu robben. „Roxy? Bist du noch da? Was ist los?"

„Saphir dreht völlig durch! Er fürchtet sich vor einer Bank. Ich weiß nicht, was ich machen soll! Er lässt sich keinen Zentimeter mehr bewegen und meine Hände sind schon blutig. Ich kann ihn nicht mehr lange festhalten! Das Handy liegt auf dem Feldweg, ich hab keine Hand frei." Hat Nolan mich verstanden? Lauter kann ich nicht rufen, das hält Saphir nicht aus.

„Okay. – Verdammt. Kleinen Moment, Roxy." Ein paar kräftezehrende Sekunden vergehen, in denen ich nur Saphirs aufgeregtes Schnauben und den lauen Sommerwind höre. Ist die Verbindung etwa abgebrochen? Oder sucht Nolan sich eine ruhige Ecke zum Reden? Ich will gerade aufgeben und meinen Kopf zu Boden sinken lassen, als ich seine Stimme wieder höre. „Wo genau seid ihr, Roxy? Kannst du mir die Umgebung beschreiben?"

„Wir sind auf der Kuppe von einem Hügel. Ich glaube, in der Nähe von einer Mühle. Ich hab vorhin das Schild gesehen. Die Bank steht oben auf dem Hügel und wir kommen nicht daran vorbei ... Links von mir sind Felder, die an einen Wald grenzen, und rechts von uns Wiesen. Der Weg führt irgendwann wieder runter ins Tal. Und wir müssen diesen Weg gehen ..."

„Kannst du mich gut hören, Roxy?" Nolan klingt gefasst, aber ich spüre seine Anspannung bis zu mir.

„Ja, kann ich. Was soll ich denn jetzt tun?"

„Ich glaube, ich weiß, wo ihr seid. Und du hast recht, es gibt nur diesen einen Weg. Alles andere sind riesige Umwege. Deshalb ..." Nolan scheint ein letztes Mal zu überlegen. „Ich sage dir jetzt, was du tun musst. Setze es aber bitte erst um, wenn wir aufgehört haben zu telefonieren. Okay, Roxy?"

„Ja, okay", erwidere ich mit trockener Kehle. Ist das wahr – Nolan hat eine Idee, was ich tun kann, um Saphir an der Bank vorbeizuführen? Aber was soll das sein? Ich habe doch selbst schon alles ausprobiert. Meine Leckerchen sind leer und ganz bestimmt werde ich Saphir nicht schlagen oder ihn anschreien. Das würde alles nur noch schwieriger machen.

„Wenn wir aufgehört haben zu telefonieren, löst du den Panikhaken und lässt ihn frei. Mach es in aller Ruhe, ohne Hektik. Lass ihn einfach laufen. Ihr habt eine gute Bindung zueinander. Du bist das einzige Wesen weit und breit, dem er vertraut. Wenn du Glück hast, kommt er zu dir zurück. Setz dich am besten auf die Bank, senke deinen Blick und warte ab. Saphir ist neugierig, das könnte eure Rettung sein und dann hast du zwei Fliegen mit einer Klappe geschlagen. Aber wenn er nach fünf Minuten nicht wieder bei dir ist, informierst du die Polizei. Das ist wichtig, Roxy! Hast du das verstanden?"

Ich habe jedes Wort verstanden. Aber ich kann nicht

fassen, wozu Nolan mir rät. Es scheint überhaupt nicht zu ihm zu passen und kommt selbst mir vor wie der helle Wahnsinn. Saphir könnte auf die nahe gelegene Landstraße laufen und überfahren werden – und dann? Dann habe ich das Leben dieses Pferdes zu verantworten. Niemals würde ich darüber hinwegkommen.

„Das – Nolan, das kann ich nicht!"

„Du musst, Roxy. Du wirst ihn sowieso nicht mehr lange halten können. Ich weiß ja, wie er ist ... Ach, ich bin ein Arsch, dass ich dich in dieser Situation alleine gelassen habe. Glaub mir, ich hab die ganze Woche über versucht, jemanden zu finden, der dich begleitet. Aber ..."

Nolan spricht nicht weiter, doch ich weiß genau, was er meint. Alle Menschen, die er kennt, haben mit dem Kastanien-Hof zu tun. Und der Kastanien-Hof ist nun mal gegen mich.

„Es tut mir wirklich leid. Du hast keine andere Wahl. Es kann sein, dass er sich beruhigt, wenn er sich bewegen oder Gras fressen kann. Aber du musst mir versprechen, dass du die Polizei informierst, wenn er nicht innerhalb von fünf Minuten in deiner Nähe ist. Sag ihnen einfach, dass dir ein Pferd abgehauen ist, das passiert öfter, als du denkst. Und es geht nicht immer schlecht aus."

Nicht immer. Das ist mir zu wenig. Aber ich hab

kaum noch Kraft in meinen Händen und es fühlt sich vollkommen sinnlos an, Saphir auch nur eine Minute länger festzuhalten.

„Dann mache ich ihn jetzt los. Aber wenn …“ Die Vorstellung, dass Saphir auf die Straße rennt, ist so schrecklich, dass mir die Stimme versagt. Ich kann die Autos bis hierher hören. Ein beständiges, gleichmäßiges Dröhnen. Sie nicht sehen zu können, macht es nur noch unheimlicher.

„Wie gesagt, es kann gut ausgehen, Roxy. Vertraue auf eure Verbindung. Die ist stark, das war sie von Anfang an. Er hat dich nur noch nie so ängstlich erlebt. Deshalb ist es ganz wichtig, dass du dich entspannst und ihn loslässt. Ich muss jetzt Lady fertig machen, in einer Stunde startet das Turnier. Ich bin eh schon spät dran. Ich denke an euch, okay?“

„Okay“, wispere ich, atme einmal tief durch, richte meinen Oberkörper auf und benutze den Strick wie ein Bergsteiger, um zum Stehen zu kommen. Zu wissen, dass ich Saphir gleich loslassen kann, schenkt mir neue Kraft, obwohl gleichzeitig die Panik durch jede Zelle schießt. Ich spiele russisches Roulette mit jenem Wesen, das mir am meisten auf der Welt bedeutet. Vielleicht müssen wir uns gleich in Angst, Schmerz und Misstrauen voneinander verabschieden. So hätte das Ganze niemals enden sollen.

Millimeter für Millimeter tasten sich meine Finger bis zum Panikhaken heran, mein Arm weit ausgestreckt, damit ich Saphir nicht zu nahe komme, der plötzlich wie eingefroren vor mir steht, als wollte er im nächsten Moment auf allen vieren in die Luft springen. Doch irgendwie gelingt es mir, den Haken zu lösen und ihn damit von dem Strick zu befreien. Sofort trete ich drei Schritte zurück. Saphir steht immer noch reglos vor mir, lediglich seine rechte Flanke zuckt, und ein paar Atemzüge lang starren wir uns an, als könnten wir nicht begreifen, was eben geschehen ist. Dann reißt er mit einem fast wütenden Quieken seinen Kopf herum, keilt nach hinten aus und stürmt davon – wie ich erwartet habe, in Richtung Waldrand. Hinter dem Wald verläuft die Landstraße ...

Mit schwachen Schritten steuere ich die Bank an, lasse mich auf das abgewetzte Holz fallen und schließe die Augen. Mir ist so schlecht vor Angst, dass ich kaum schlucken kann, und trotz der blutenden Striemen presse ich meine Hände fest gegen die abgewetzte Sitzfläche.

Fünf Minuten ... Schaffe ich das überhaupt, ganze fünf Minuten lang abzuwarten? Müsste ich nicht sofort die Polizei rufen? Aber selbst wenn – was können die überhaupt tun? Saphir lässt doch außer mir niemanden an sich heran! Würden sie ihn erschießen, damit er die Autofahrer nicht gefährdet? Nein, ich darf an solche Dinge jetzt nicht denken. Nolan hat gesagt, dass ich mich entspannen soll. Er hat recht damit. Es gäbe für Saphir sonst keinen einzigen guten Grund, zu mir zurückzukommen.

Und weil es das einzige Bild ist, das mir in diesem Moment an schönen Erinnerungen einfällt, denke ich daran, wie Nolan und ich nebeneinander in meinem Bett lagen und er seine Finger mit meinen verschränkt hat. Es wirkt sofort. Irgendetwas in mir gibt nach, wird weich, beruhigt sich.

Fast muss ich lächeln, als ich mich daran erinnere, wie Nolan versucht hat, Scherze zu machen, um mir meine Nervosität zu nehmen, obwohl er gerade erst sein liebstes Pferd verloren hat. Knackend löst sich die Anspannung in meinem Nacken. Auch der Schmerz in meinen Händen lässt nach – jetzt, wo sie nicht mehr den Strick umklammern müssen, sondern sich wie von selbst von der Sitzfläche lösen und locker auf meinen Oberschenkeln in der Sonne ruhen.

Ich weiß, dass die Zeit verrinnt und ich mich gleich der Wahrheit stellen muss, aber noch möchte ich bei Nolan und mir verweilen und ausnahmsweise nicht an Pferde denken. Also reise ich noch einmal durch unsere Nacht, bis ich so ruhig geworden bin, dass mein Rücken sich weich an die Lehne der Bank schmiegt und meine Lider schwer werden. Noch sind die fünf Minuten nicht vorüber … Noch kann ich daran glauben, dass alles gut wird. Doch das muss es. Und das wird es. So gemein ist kein Schicksal, dass es einem Menschen innerhalb von zwei Tagen beide Pferde nimmt. Denn Saphir ist Nolans Pferd. Nicht meins.

Wie zur Bestätigung kitzelt der warme Wind meinen Nacken, fährt durch meine verschwitzten Locken und trocknet mein Gesicht, bevor sich die Welt vor meinen geschlossenen Lidern mit einem Schlag verdunkelt. Sie ist schwarz geworden. Schwarz und warm – und seidig schimmernd, mit einem Hauch von Blau. Nun ist es nicht mehr der Wind, der über meine Stirn streicht und kribbelnd meine Augenbrauen berührt. Das kann er gar nicht. Nur ein einziges Wesen tut dies auf solch zarte und rücksichtsvolle Art und Weise, vorsichtig, neugierig und liebevoll zugleich. So mächtig sein dunkler Schatten auch auf mich fällt, so deutlich fühle ich in diesem atemlosen Moment das unschuldige Fohlen in ihm, dem brutal seine Kindheit geraubt wurde. Tränen lösen sich, als ich meine Augen öffne und mit verschwommenem Blick Saphirs lange schlanke Beine erkenne, seinen schmalen Leib und seinen leicht gebogenen, anmutigen Hals.

Sofort wende ich meinen Blick wieder ab, um ihn nicht erneut in die Flucht zu treiben. Nolan hatte recht, er ist zu mir zurückgekommen! Sein ganzer Körper ist nass geschwitzt und noch immer beben seine Flanken, aber er ist zurückgekommen, bis an die Bank. Weil ich auf ihr sitze. Und weil ich keine Angst mehr habe. Ich bin sein Anker geworden.

Ein tiefes Schluchzen löst sich aus meiner Kehle, doch ich darf jetzt nicht durchdrehen, ich muss weiterhin ruhig bleiben, wenn ich tun will, was ich längst beschlossen habe – und woran es für mich keinen Weg vorbei gibt. Ich bleibe auf der Bank sitzen, während ich meine Hände hebe, sie sanft über Saphirs Nüstern gleiten lasse und wie nebenbei die Hengstkette löse. Mit diesem Folterwerkzeug werde ich ihn keinen einzigen Meter mehr führen. Er muss dafür belohnt werden, dass er zurückgekommen ist.

Unauffällig lasse ich sie in meine Hosentasche gleiten, stehe in einer weichen Bewegung auf und veranke-re beiläufig den Panikhaken in den Karabiner. Saphir bleibt ruhig bei mir stehen und wartet ab, bis ich den Strick ganz locker in meine rechte Hand lege und einen Schritt nach vorne mache. Er folgt mir anstandslos, auch alle weiteren Schritte, die ich vorausgehe – an der Bank vorbei, den Feldweg hinab, unserem neuen Zuhause entgegen.

Wann immer ich unsicher werde oder Saphir scheut, denke ich an Nolans und meine ineinander verschränkten Hände, und der Frieden kehrt zu uns zurück. Nach wie vor kommen wir nicht schnell voran und ab und zu muss ich stehen bleiben, weil Saphir Zeit braucht, um sich etwas anzuschauen, das er nicht kennt, aber wir misstrauen uns dabei nicht länger. Ich verliere nicht mehr die Nerven, wenn er zur Seite springt oder rückwärts geht, und meine Signale tun ihm nicht mehr weh. Er weiß jetzt, dass ich ihn freilasse, wenn er Raum braucht, um seiner Angst Herr zu werden. Und ich weiß, dass er zu mir zurückkommt.

Kurz vor der White Wing Ranch taucht eine mir vage vertraute Gestalt mit einem kräftigen Pferd an ihrer Seite auf dem Weg auf und ruft uns lachend und winkend ein Hallo zu. Wiehernd begrüßen sich die beiden Wallache, als würden sie sich schon lange kennen. Die Frau ist Kathrin – ja, Kathrin kommt uns entgegen, sie holt uns ab! Vor Erleichterung, es endlich geschafft zu haben, werden meine Knie weich und jetzt erst merke ich, wie ausgedörrt und hungrig ich bin und dass ich rasende Kopfschmerzen habe, doch meine Freude ist stärker.

Saphir hat endlich sein neues Zuhause erreicht. Jetzt kann alles gut werden. Für mich und für ihn.

Doch vor allem für ihn.

ALTE SCHATTEN

Träge ziehe ich mein Handy aus der Jackentasche, gähne ausgiebig und werfe einen Blick auf die Uhrzeit. Noch zehn Minuten ... Dann muss ich mich von der Herde lösen und zurück in den Stall laufen, um das zu tun, was ich die vergangenen zwei Wochen erfolgreich vermieden habe: den anderen Einstellern zu begegnen. Denn heute ist Stammtisch und ich habe Nolan versprochen, dabei zu sein. Das kostet mich wertvolle Zeit, die ich viel lieber damit verbringen würde, hier unter den Bäumen auf der Weide zu sitzen, die Beine auszustrecken und die Pferde zu beobachten. Müsste ich nicht um spätestens acht Uhr zurück im Quellenhof sein, würde ich wahrscheinlich erst nach Hause gehen, wenn die Dunkelheit hereinbricht und ich nichts mehr sehen könnte – und die Sonne geht zur Zeit erst spät unter. Aber ich kann froh sein, dass ich überhaupt so lange hier sein darf.

Es war ein Kampf gewesen, Steffen und Diana davon

zu überzeugen, dass meine Ausgangssperre aufgehoben wird, damit ich wenigstens dreimal in der Woche im Stall sein kann – vorausgesetzt, ich habe meine Hausaufgaben und WG-Dienste erledigt. Aber dann hält mich nichts mehr im Quellenhof.

Das ist für mich die schönste Zeit des Tages – wenn ich über die Feldwege zur Ranch fahre und weiß, dass ich gleich bei den Pferden sein werde. Meistens laufe ich sofort hinunter zur großen Sommerweide, ohne am Stall haltzumachen. Auch deshalb bin ich den anderen Einstellern bisher noch nicht begegnet. Ich habe Kathrin an zwei Abenden dabei geholfen, die kleine Finja einzufangen, sie scheint eine Spezialistin im Ausbrechen zu sein. Dabei habe ich ihren Hund Crusty kennengelernt, der mich an Moses erinnert und mit dem ich mich mindestens ebenso gut verstehe.

Doch ich bin jedes Mal froh, wenn es mir gelungen ist, die Weide zu erreichen, ohne zuvor auf Menschen zu treffen. Kathrin meinte, die anderen seien schon ganz gespannt darauf, endlich die Pferdeflüsterin von Nolan Hilbert kennenzulernen. Ja, gespannt bin ich auch, aber nicht auf schöne Weise. Lieber wäre es mir, ich könnte weiterhin meine knappe Zeit im Stall unbehelligt mit Saphir und den Pferden verbringen.

Es ist ein wahres Wunder, wie schnell Saphir sich auf der White Wing Ranch eingelebt hat. Schon am zweiten Tag hat sich Kathrins Haflingerstute Carina mit ihm angefreundet und weicht ihm seitdem nicht mehr von der Seite. Und nur einen Tag später hat er die alte Leitstute Stromboli von ihrem Platz verdrängt, ohne dass es dabei zu Kämpfen oder Verletzungen gekommen ist. Das konnte selbst Kathrin kaum glauben. Allerdings meinte sie auch, dass die Pferde solche Dinge ganz gut unter sich regeln können, sofern sie genug Platz haben, sich aus dem Weg zu gehen. Und den haben sie auf der Sommerweide. Ich habe nicht das Gefühl, dass Stromboli und Saphir Streit miteinander haben.

Stromboli ist schon alt und lahmt aufgrund einer chronischen Gelenkentzündung. Vielleicht ist sie sogar froh, dass ein anderes Pferd ihren Platz eingenommen hat. Nun führen Saphir und Lux zusammen die Herde an; Lux nach wie vor an erster Stelle, dicht gefolgt von Saphir. Ich kann mir gut vorstellen, dass langfristig Saphir die Führung übernimmt. In der Herde wirkt er so entspannt, wie ich ihn vorher noch nie erlebt habe. Manchmal kommt mir das vor wie ein schöner Traum. Fast warte ich darauf, dass ich aufwache und er immer noch eingesperrt in einer Box vor sich hin webt. Aber es ist wahr. Er hat seine Familie gefunden. Und es ist nicht zu übersehen, dass er sich in dieser Familie wohlfühlt. Heute hat er sogar gelegen, als ich zur Weide gekommen bin, und ist erst aufgestanden, als Finja mir wie jeden Nachmittag entgegenlief, um sich ihre Schmuseeinheiten abzuholen.

Ich habe das Halfter und den Strick immer dabei, wenn ich Saphir besuche. Doch viel haben wir bisher nicht zusammen gemacht. Es fällt mir schwer, ihn von seiner Herde zu trennen – und erst recht fällt es ihm schwer. Deshalb habe ich mit ihm nur kurze Spaziergänge durch den Wald unternommen, damit er sich an all das gewöhnen kann, was ihm noch nicht vertraut ist. Beim ersten Mal sind wir schon nach zehn Minuten wieder umgekehrt, der zweite Spaziergang war bereits etwas länger und am dritten Tag konnten wir fast eine halbe Stunde lang zusammen im gemütlichen Schritt Richtung Tal laufen, bevor Saphir nervös wurde und ich ihn zurück zu seiner Herde brachte. Mehr will ich im Moment gar nicht mit ihm unternehmen. Er soll alle Zeit der Welt bekommen, sich einzuleben, und ich glaube fest daran, dass er es mir zeigen wird, wenn er bereit ist, sich wieder reiten zu lassen oder mich gar auf seinem Rücken durch den Wald zu tragen. Deshalb waren wir noch nicht auf dem Reitplatz und ich hatte auch noch keinen Grund, mich einem Ausritt anzuschließen. Ich weiß gar nicht, ob und wann die anderen überhaupt Ausritte machen.

Nolan habe ich seit unserem Abschied auf dem Kastanien-Hof nicht mehr gesehen. Er ist zweimal hier gewesen, um Kathrin die Stallmiete zu geben und das Futter für Saphir aufzufüllen. Beide Male ist er am Vormittag gekommen und so habe ich keine Chance gehabt, ihm zu begegnen. Ich weiß nicht, ob er mir absichtlich aus dem Weg geht oder nur morgens Zeit gehabt hat.

Doch vorgestern Abend trudelte plötzlich eine Nachricht von ihm ein – na ja, genau genommen waren es zwei Nachrichten. Eine Sprachnachricht und ein Video. Zuerst habe ich die Sprachnachricht geöffnet und im ersten Moment überhaupt nicht kapiert, was er eigentlich will. „Ich habe versucht, den besten miesen Song auszuwählen, den ich in meiner Sammlung finden konnte. Ich hoffe, deine feinen Öhrchen verkraften ihn." Erst nachdem ich diese Nachricht ungefähr fünf Mal angehört habe, trudelte die zweite ein, eine Datei, kommentarlos. Es dauerte aufreibende sieben Minuten, bis mein Handy das Video endlich vollständig heruntergeladen hatte. Doch das Warten hat sich gelohnt. Ich hab Nolan immer noch nicht auf diese Nachricht geantwortet, weil ich einfach nicht weiß, was ich dazu schreiben soll. Zumal ich ja gar nicht gut schreiben kann. Doch ich wüsste auch nicht, was ich dazu sagen soll. Ich kann nur fühlen, was er da getan hat – auch wenn ich nicht ganz begreife, warum er es getan hat.

Er hat aus den Handy-Aufnahmen, die er auf dem Kastanien-Hof heimlich von mir und Saphir gemacht hat, und dem Song „Magic" von Coldplay einen Film gebastelt, so was wie ein Roxy-und-Saphir-Musikvideo – nur für mich. Es war merkwürdig, mir selbst dabei zuzuschauen, wie ich mich mit Saphir in der Halle bewege und er sich schließlich neben mir auf den Boden legt. Ich hatte das Gefühl, mich das erste Mal in meinem Leben so zu sehen, wie ich in Wirklichkeit bin. Ich war mir immer kräftiger und plumper vorgekommen als dieses Mädchen, das sich so leichtfüßig und grazil über den Sand bewegt und mit dem Pferd zu tanzen scheint – und dazu noch die Musik, verträumt und losgelöst. Ich habe mir den Film so oft angeschaut, dass ich mir den Text irgendwann merken und übersetzen konnte. Hat Nolan dieses Lied ausgesucht, weil wir das für ihn sind? Empfindet er Saphir und mich als magisch? Oder ist dieses Video ein Abschiedsgeschenk, ein letzter Gruß aus dieser anderen, mir so fremden Welt, in der Nolan zu Hause ist?

Der Song verfolgt mich als Dauerohrwurm und begleitet mich nachts in den Schlaf. Und doch finde ich es irgendwie schade, dass Nolan kein einziges Mal in diesem Video auftaucht. Es wäre schön, wenn es auch ein kurzes Video von uns dreien gäbe. Saphir, Nolan und ich. Schließlich war er immer dabei gewesen.

Doch das ist nun Vergangenheit. Nolan muss sich auf seine Turniere konzentrieren und ich mich auf das Hier und Jetzt einlassen. In diesem Stall hält niemand Saphir für ein gestörtes oder gefährliches Pferd, und wenn ich den Stammtisch einigermaßen cool über die Bühne bringe, wird auch mich niemand für gestört halten. Schließlich weiß auf der Ranch keiner von meiner Vorgeschichte; selbst Kathrin nicht. Offiziell bin ich die Stallhilfe von Nolan Hilbert – eine bessere Ausgangslage habe ich in meinem Leben bisher nicht gehabt, um andere Menschen kennenzulernen. Insofern gibt es eigentlich nichts zu fürchten.

Entschlossen stehe ich auf, werfe den Pferden, die in einiger Entfernung friedlich beieinander grasen, einen letzten Blick zu und laufe zum Zaun, um hindurchzuschlüpfen und die Ranch anzusteuern. Schon von Weitem sehe ich, dass Kathrin vor der Hütte einen Tisch mit Stühlen und einen Sonnenschirm aufgestellt hat, sodass wir draußen sitzen können. Crusty ist auch schon da und hebt wachsam den Kopf, sobald er mich sieht. Ich verlangsame mein Tempo ein wenig, um mir einen besseren Überblick verschaffen zu können. Gerade fährt ein Auto heran und von der anderen Seite nähert sich jemand auf einem Fahrrad. Für einen kurzen Moment möchte ich mich umdrehen und zurück zu den Pferden laufen, doch Kathrin hat mich schon entdeckt und hält grüßend ihre Hand in die Luft. Zögerlich hebe ich auch meine, beschleunige meine Schritte wieder und mache vor der Hütte einen kleinen Schlenker, um in der Sattelkammer das Halfter an seinen Haken zu hängen. Mir ist ein bisschen schlecht, es erinnert mich beinahe an das Gefühl, das mich an jenem Abend verfolgt hat, an dem Saphir sterben sollte. Wie eine böse Vorahnung.

Aber irgendwann muss ich den anderen begegnen, Nolan erwartet das von mir, und hier drinnen kann ich mich auch nicht verstecken. Kathrin würde zu mir kommen und fragen, was los ist. Also versuche ich das ungute Gefühl in meiner Magengegend zu ignorieren und laufe durch die Paddocks zurück zur Hütte. Zwei Frauen, deren Alter ich nicht einschätzen kann, sitzen bereits mit dem Rücken zu mir am Tisch, zusammen mit Kathrin, und neben der Hütte schließt ein blondes Mädchen ihr Fahrrad ab. Auch sie kann ich nur von hinten sehen. Crusty schießt mit wehenden Ohren auf mich zu und will an mir hochspringen, um mich zu begrüßen, und Kathrin lächelt mir aufmunternd zu. Doch das flaue Gefühl in meinem Bauch bleibt. Ich bringe nur ein leises „Hallo" hervor und setze mich auf einen der freien Stühle, um meinen Blick sofort wieder zu senken. Zwischen Kathrin und den beiden Frauen komme ich mir viel zu jung vor. Vielleicht fühle ich mich wohler, wenn das andere Mädchen sein Rad abgeschlossen hat und zu uns kommt.

Mit leicht gebeugtem Rücken bleibe ich sitzen und höre zu, wie seine Schritte sich uns nähern – und das flaue Gefühl in meinem Bauch schlägt abrupt in Übelkeit um, denn plötzlich scheint alles um mich herum zu verstummen. Selbst Crusty hört auf zu hecheln. Ich spüre, wie sich die Augen des Mädchens auf mich heften und alle anderen Augenpaare am Tisch ihnen folgen, als würde ihr Blick etwas in mir zum Vorschein bringen, was bisher niemand wahrgenommen hat. Und genau so ist es. Ich weiß es, noch bevor ich meine Wimpern hebe und erkenne, dass sie und ich uns schon einmal gegenübergestanden sind. Es war eine völlig andere Zeit, ein anderes Leben, doch nun kommt es mir vor, als wäre seitdem keine einzige Sekunde vergangen. Alles kehrt zu mir zurück. Die Monate und Wochen dazwischen sind nur ein bunter Traum gewesen.

„Anne?“, fragt Kathrin argwöhnisch und erhebt sich von ihrem Stuhl. „Geht es dir nicht gut?“

Anne reagiert nicht. Ihre Augen haben sich an mir festgesaugt und weiten sich in starrem Entsetzen. Das letzte Mal, als sie mich angesehen hat, habe ich dieses Entsetzen ebenfalls in ihnen gesehen, aber auch einen stillen Triumph, den ich bis heute nicht verstanden habe.

Jetzt hat sie nur Angst. Abgrundtiefe, verschlingende Angst – vor mir. Obwohl ich weiß, dass ich es damit nur schlimmer mache, stehe ich auf. Keuchend stolpert Anne einen Schritt rückwärts, ohne ihren Blick von mir abzuwenden.

„Kennt ihr euch?" Kathrins Lächeln ist längst verblasst. Wie die anderen spürt sie genau, dass hier etwas nicht stimmt.

„Nein", bringe ich mühsam hervor. Ich hab sie nie gekannt.

„Doch!", widerspricht Anne mit gebrochener Stimme und hebt ihren Arm, um auf mich zu zeigen. „Was macht sie hier?"

„Das ist Roxy, die Stallhilfe und Reitbeteiligung von Nolan Hilbert. Ich hab dir doch von ihr erzählt! Ich dachte, ihr könntet ..."

„*Das* ist die Stallhilfe von Nolan Hilbert?", unterbricht Anne Kathrin und zeigt noch immer mit zitterndem Arm auf mich. „Das – das kann nicht sein!"

„Aber wieso denn nicht? Sie kann wunderbar mit Pferden umgehen."

Anne schüttelt abwehrend den Kopf. Sie ist kalkweiß im Gesicht. „Nein ... Nein, das geht nicht. Sie muss weg! Sofort! Sie kann hier auf keinen Fall bleiben, sie ... sie ..." Mit gehetztem Blick sucht Anne nach Argumenten. „Sie ist kriminell!"

Dieses Wort ist mein Signal zur Flucht. Ich umrunde mit staksigen Schritten den Tisch, renne an der Hütte vorbei zu meinem Fahrrad, schwinge mich auf den Sattel und trete so fest in die Pedale, dass ich in der Kurve zum Feldweg fast mein Gleichgewicht verliere. Der Schotter spritzt auf und die Hühner rennen schrill gackernd davon, als hätte ich ein Beil in der Hand, mit dem ich jedem einzelnen von ihnen den Kopf abhacken will.

Die ganze Heimfahrt über verfolgen mich Annes Worte wie brennende Pfeile, und egal, wie schnell ich fahre, ich kann ihnen nicht entkommen. *Sie muss weg! Sofort! Sie kann hier auf keinen Fall bleiben. Sie ist kriminell!* Doch viel verletzender als die Feuerpfeile ihrer Worte war es, ihre Angst gespürt zu haben. Das war nicht gespielt. Das war echt. Und ich alleine habe es ausgelöst.

Als ich zu Hause unter der kalten Dusche stehe und zu begreifen versuche, dass meine Vergangenheit mich endgültig eingeholt hat, sehe ich ununterbrochen ihre Augen vor mir – und meine Faust, die ihre Wange trifft, während sie mich anschaut und das in mir hervorlockt, was ich niemals sein wollte.

BEGRABENE KRIEGSBEILE

Wenn mein Zimmer doch nur einen Schlüssel hätte. Wenn ich nur ein einziges Mal frei entscheiden könnte, wer zu mir kommen darf und wer nicht. Ich glaube, ich würde nie wieder jemandem erlauben, mein Zimmer zu betreten.

Ich bin nicht gut für Menschen. Ganz egal, wer jetzt reinkommt – ich werde nicht gut für ihn sein.

„Wieso gehst du nicht an dein Handy?"

Ich antworte nicht – und ich hasse es, dass ich mich nicht einmal in meinem eigenen Zimmer so gründlich verstecken kann, dass man mich nicht sieht. Ich habe mich zwischen den Schrank und die Wand gequetscht, doch meine Füße gucken heraus, ich kann sie nicht so weit anziehen, dass ich komplett in der Nische verschwinde.

„Ich weiß nicht, ob dir das klar ist, aber – ich kann dich sehen."

Noch immer rühre ich mich nicht. Seitdem ich gestern Abend nach Hause gekommen bin und so lange unter der kalten Dusche gestanden habe, bis meine Lippen blau waren, habe ich mit niemandem mehr gesprochen und bin nur aus meinem Zimmer gegangen, wenn ich aufs Klo musste. Weil Sonntag ist, haben Steffen und Diana mich ausnahmsweise in Ruhe gelassen – glücklicherweise ist unser heutiger Ausflug ausgefallen, weil Larissa und Clemens ihre monatlichen Familienbesuche haben.

Aber dass Steffen nun Nolan in die WG gelassen hat, spricht Bände. Er selbst hatte keine Chance, zu mir durchzudringen. Zwei Mal ist er bei mir gewesen und hat mich mit Fragen gelöchert, doch ich habe kein Wort gesagt. Ich kann einfach nicht.

„Ich versuche seit gestern Abend fast stündlich, dich zu erreichen." Ich höre, wie Nolan die Tür schließt und in meine Richtung geht. Sofort verkrampfen sich meine Nackenmuskeln. Er klingt nicht vorwurfsvoll oder gar wütend, aber so mahnend, dass ich mich noch kleiner zu machen versuche. „Roxy, wir müssen darüber sprechen."

„Das ändert nichts." Meine Stimme klingt wie ein Reibeisen. Jede Silbe schmerzt.

„Es ändert immer irgendetwas. Wir müssen miteinander reden, weil ich Kathrin erklären muss, was los ist – und ich weiß nun mal nicht genau, was los ist."

Zerschlagen hebe ich meinen Kopf und öffne zum ersten Mal seit Stunden meine Augen. Es dauert, bis mein Sichtfeld sich klärt, und das Nachmittagslicht kommt mir viel zu grell vor. Nolan hat sich in einigem Abstand auf den Boden gesetzt, im Schneidersitz, und lehnt sich mit seinem Rücken gegen die Heizung, sodass er mich nicht anschaut, sondern mir sein Profil zuwendet. Etwas in mir freut sich, ihn hier bei mir zu wissen, doch es kann sich nicht gegen die graue Last in meinem Bauch durchsetzen. Nie habe ich gewollt, dass wir uns wegen so etwas Scheußlichem wiedersehen.

„Sag ihr, dass es stimmt. Ich bin kriminell."

„Nein, Roxy", widerspricht Nolan entschieden. „So einfach mache ich es dir nicht. Das reicht mir als Information nicht – und ich glaube auch nicht, dass es die Wahrheit ist. Aber ich muss endlich wissen, was damals passiert ist, denn Kathrin wird mich danach fragen. Ich hab dich an dem Morgen nach Jakobs Tod schon zu so vielen Dingen ausgehorcht – ich wollte nicht auch noch diese Geschichte aus dir herauskitzeln. Aber jetzt geht es nicht mehr anders. Wenn ich es richtig verstanden habe, ist Anne das Mädchen, wegen dem du vor Gericht gestanden hast – oder gab es mehrere, die du verprügelt hast?"

„Nein!" Heftig schüttele ich den Kopf. Mein Nacken knackt vernehmlich und ein scharfer Schmerz schießt in meine Schultern. „Ich hab das nur ein einziges Mal getan, ehrlich!" Wir hätten uns niemals wiedersehen müssen. Doch nun steht ihr Reitbeteiligungspferd ausgerechnet im einzigen privat betriebenen Offenstall weit und breit; jenem Stall, in dem Saphir endlich ein Zuhause gefunden hat.

„Aber wenn du wegen Anne vor Gericht warst und deine Sozialstunden abgeleistet hast, ist doch rechtlich alles in Ordnung."

„Wen interessiert das denn?", bricht es aus mir heraus. „Sie hat Angst vor mir! Und sie will, dass ich den Stall verlasse! Kapierst du das denn nicht?"

„Hast du vor, ihr wieder etwas anzutun? Habt ihr noch eine Rechnung offen?" Zum ersten Mal, seitdem er in meinem Zimmer ist, wendet mir Nolan seinen Blick zu, und seine Augen schauen mich so fordernd an, dass ich ihnen sofort ausweichen möchte.

„Nein! Ich kenne sie doch überhaupt nicht! Ich habe sie in meinem Leben genau zwei Mal gesehen – einmal auf der Straße und einmal gestern. Das mit den Schlägen war nichts Persönliches!" Den letzten Satz hätte ich nicht sagen dürfen. Er macht alles noch viel furchtbarer. Außerdem ist er eine Lüge. Ich kenne Anne wirklich nicht – aber es war etwas Persönliches gewesen. Auch wenn ich das nie kapiert habe.

„Warum hast du es dann getan? Wieso hast du sie

verprügelt?" Nolan hat seine dunklen Augen immer noch auf mich gerichtet und mir wird dabei so warm, dass ich mich schon wieder nach einer kalten Dusche sehne. „Ich muss das wissen. Ich kann diese ganze Geschichte überhaupt nicht einschätzen. Kathrin möchte morgen mit mir darüber sprechen. Also bitte hilf mir, Roxy."

Ich schlucke gegen den klebrigen Kloß in meiner Kehle an und balle meine Fäuste. „Ist nicht sowieso alles längst zu spät?"

„Noch habe ich keine Kündigung bekommen. Kathrin hat noch keine Entscheidung getroffen. Aber sie möchte wissen, wie deine Version der Geschichte aussieht und ob Anne zu Recht Angst vor dir hat."

Misstrauisch mustere ich Nolans Profil. Ich war mir die ganze Zeit sicher gewesen, dass Saphir und ich aus dem Stall fliegen werden – aber stimmt, wenn jemand aus dem Stall fliegt, dann ist es Nolan und mit ihm gehen auch Saphir und ich. Sie müssen erst ihm kündigen und vielleicht hat Kathrin Hemmungen, jemanden mit diesem Bekanntheitsgrad nach nur zwei Wochen aus dem Stall zu werfen.

„Ich – ich würde es dir ja erklären, wenn ich es könnte", lenke ich unsicher ein. „Aber ich kann es nicht. Ich kann dir nur erzählen, was an diesem Tag geschehen ist. Aber warum es geschehen ist, weiß ich nicht."

„Dann erzähl mir eben, was geschehen ist.“ Unauffällig schiebt sich Nolan auf seinem Hosenboden ein paar Zentimeter in meine Richtung. Ich weiß, dass es albern ist, weiter in meinem Versteck sitzen zu bleiben, aber es scheint mir unmöglich, aufzustehen und woanders hinzugehen.

„Ich ... Ich hatte damals eine Art – Gang. Nur Mädchen. Ich war die Einzige, die richtig auf der Straße war“, beginne ich mich mit abgewandtem Gesicht und geschlossenen Augen zu erinnern. „Die anderen sind zum Schlafen und Essen nach Hause gegangen, und sie haben mich dafür bewundert, dass ich es nicht getan und mich alleine durchgeschlagen habe. Ich war wie so eine Art Anführerin für sie. Ich habe entschieden, was wir tun, wo wir es tun und wie wir dabei vorgehen. Irgendwie hat sich das für mich wie eine Aufgabe angefühlt.“ Ja, genau so war es gewesen. Es hat gegen meine Angst geholfen und gegen die tausend brüllenden Fragen in meinem Kopf, was meine Zukunft bringen könnte. „Ich hatte jeden Tag ein Ziel, das ich ansteuern konnte.“

„Und was war das für ein Ziel?“, fragt Nolan sachlich, als ich mit einem lautlosen Seufzen wieder ins Schweigen verfalle. Ich brauche ein paar Sekunden, bis ich mich sammeln und weitersprechen kann.

„Wir haben anderen Mädchen aufgelauert. Reichen

Mädchen, vom Elite-Gymnasium am Richardseck. Eigentlich wollten wir ihnen nur Angst einjagen. Wir haben sie umzingelt und ihnen den Weg versperrt oder sie ein bisschen verfolgt. Ohne dass irgendetwas dabei passiert ist. Aber dann wusste ich nicht mehr, wie ich an Essen kommen sollte. Ich brauchte Geld und war noch nie gut im Betteln. Deshalb habe ich ab und zu eines dieser Mädchen bedroht und sie gezwungen, mir ihren Geldbeutel zu geben. Das ging immer ohne Gewalt. Sie hatten solche Angst vor uns, dass sie ihr Geld von ganz alleine rausgerückt haben. Ich hab mir für mich nur das genommen, was ich zum Überleben brauchte, und ihnen den Rest zurückgegeben oder den anderen etwas davon überlassen. Glaub mir, ich hab das nie gern gemacht. Ich war auch nicht stolz darauf. Aber wenn es kalt ist und du so verdammten Hunger hast ..." Bebend holen ich Luft. Egal, wie ich argumentiere und versuche, zu erklären – es wird dadurch niemals gut werden. Es bleibt immer mies. „Zur Tafel wollte ich nicht gehen, weil ich Angst hatte, erkannt zu werden und zurück nach Hause zu Arndt gehen zu müssen. Aber dann bin ich krank geworden. Ich hatte hohes Fieber, mir haben alle Knochen wehgetan und es war so kalt, dass ich fast meinen Verstand verloren habe. Trotzdem wollte ich nicht in der Unterführung lieben bleiben und dort am Ende erfrieren. Deshalb bin ich mit den anderen Mädchen losgezogen, wie jeden Tag. Wir haben uns immer in der Nähe der Schule getroffen. Ich habe einen der Wege gewählt, die wir schon in den Tagen zuvor kontrolliert hatten, und die anderen haben deshalb Streit mit mir angefangen, weil sie sich sicher waren, dass dort niemand mehr entlanggeht. Am Anfang sah es auch so aus, als würden wir leer ausgehen. Doch dann erschien plötzlich Anne am Ende der Gasse. Sie war ganz alleine und lief direkt auf uns zu. Ich war mir sicher, dass ich sie noch nie zuvor gesehen hatte. Aber ich war mir mindestens genauso sicher, dass sie wusste, was wir da tun. Es war verrückt. Sie lief mir regelrecht in die Arme. Sie hat nicht eine einzige Sekunde weggeschaut. Eigentlich war ich viel zu schwach, um sie einzuschüchtern oder sie gar zu verprügeln. Aber diese Art, wie sie mich angeschaut hat – das war, als wollte sie um jeden Preis herausfordern, dass ich etwas Schlechtes tue. Die anderen dachten, dass das eine Falle ist, und sind abgehauen, bevor sie uns erreicht hat. Ich blieb alleine zurück. Anne hat mich im Vorbeigehen wie absichtlich an der Schulter gestreift, sodass ich ausgerastet bin. Heute denke ich, dass es in Wirklichkeit ihr Blick war, der das ausgelöst hat. Diese Art, wie sie mich angeschaut hat. Als wäre ich Abschaum. Da war so viel Hass in ihren Augen und irgendwie – es war persönlich. Ich kann das nicht besser erklären, aber sie war nicht ein fremdes Mädchen, dem man etwas Geld klaut, sondern ..." Kopfschüttelnd breche ich ab und ein weiterer tiefer Seufzer befreit sich aus meiner Kehle. „Es war, als ob sie mir einen Spiegel vorhält und ich in ihr sehe, wie heruntergekommen ich bin und was ich da jeden Tag tue. Eigentlich habe ich nicht sie verprügelt. Ich habe mich selbst verprügelt. Und ich weiß, dass das niemals eine Entschuldigung sein kann. Deshalb hat sie jedes Recht der Welt, zu verlangen, dass ich keinen Fuß mehr auf die White Wing Ranch setze."

Minuten vergehen, in denen Nolan und ich schweigend beieinander auf dem Boden sitzen und ich ihn langsam und gleichmäßig atmen höre.

„Das sehe ich nicht so", durchbricht seine Stimme schließlich unsere Stille.

„Nein?"

„Nein. Ich finde nicht, dass sie dieses Recht hat. Das hätte sie nur, wenn von dir noch Gefahr ausgehen würde und du sie erneut bedrohen würdest. Aber es gab einen Prozess und du hast eine Auflage bekommen, die du erfüllt hast. Und jetzt müsst ihr schauen, dass ihr Frieden miteinander findet. Das Kriegsbeil ist erst begraben, wenn man nicht mehr weiß, wo es liegt."

„Das Kriegsbeil?", wiederhole ich zweifelnd.

„Ist ein Spruch von meiner Mama." Nolans Mundwinkel kräuseln sich in einem wissenden Schmunzeln. „Das hat sie früher immer zu mir gesagt, wenn ich mich über jemand geärgert habe und nachtragend war. Alte Indianerweisheit. Sie ist eine Viertel Cherokee."

„Deine Mutter hat indianisches Blut?" Ich bin so überrascht, dass ich meine finstere Vergangenheit für einen Moment vergesse. „Ehrlich?"

„Ja, sie ist Amerikanerin. Oder was glaubst du, warum ich so einen blöden Namen habe? Mein Dad hat sie bei einer Pferdeauktion in Texas kennengelernt und sie ist mit ihm nach Deutschland gekommen. Sie muss eine fantastische Rodeoreiterin gewesen sein. Dad hat sich sofort in sie verliebt."

„Dann hast du also auch Cherokee-Blut in deinen Adern?"

„Ja, ich bin zu einem guten Achtel eine Rothaut." Nolan grinst amüsiert in sich hinein. „Spiegelt sich vermutlich vor allem in meiner grenzenlosen Kühnheit und meinen langen schwarzen Haaren wider."

Jetzt kann ich nicht anders, als sein Grinsen zu erwidern. Stimmt, Nolans Chaos-Haare sehen wahrlich nicht indianisch aus. Dafür seine Augen umso mehr. Nun weiß ich, warum sie so schwarz sind und eine solch schimmernde Tiefe haben. Ich bin zuvor noch nie jemandem mit einer solchen Augenfarbe begegnet.

„Ich denke, ich bin mit Nolan noch ganz gut weggekommen. Wahrscheinlich kann ich froh sein, dass sie mich nicht Wind in seinem Haar oder Knochiger Habicht genannt hat."

Wieder muss ich grinsen. Dabei mag ich seinen Namen. Er klingt weich und dunkel und friedlich. Ein Name, in dem man sich ausruhen kann, wenn es um einen herum zu grell, hektisch und laut wird.

„Was bedeutet dieses Sprichwort? Das mit dem Kriegsbeil?"

„Na ja, ich glaube, es meint, dass so viel Gras über eine Sache wachsen muss, dass man am Ende gar nicht mehr weiß, warum man miteinander verfeindet war, und es vergisst. Es ist einfach nicht mehr wichtig."

Ja, das wäre schön. Allerdings habe ich das Gefühl, dass das bei Anne und mir gar nicht richtig wäre. Nicht jetzt. Irgendeine Geschichte ist noch nicht geschrieben. Trotzdem trösten mich Nolans Worte ein wenig.

„Was willst du Kathrin denn jetzt erzählen?" Das, was ich ihm eben gebeichtet habe, wird er ihr kaum berichten können.

„Ich werde ihr sagen, dass du eine schwere Zeit in deinem Leben hattest und deine Tat aufrichtig bereust. Und dann werde ich ihr schildern, wie ich dich erlebt habe, seitdem ich dich kenne."

„Und das ist ...?"

Nolan lächelt mich bedeutsam an, als wüsste ich

ganz genau, wie er mich empfindet. Denkt er an sein Video? Kann er mich wirklich noch als magisch betrachten, nachdem er weiß, wie tief ich damals gesunken bin?

„Zuverlässig", beginnt er seine Aufzählung nach einer kleinen Pause nachdenklich. „Fleißig. Unerschrocken. Manchmal ziemlich stur. Ehrlich. Direkt. Eine Naturbegabung im Umgang mit Pferden. Einfühlsam. Dickköpfig. Liebenswert." Nolans Augen sind fast geschlossen, als er versonnen in sich hineinlächelt. „Und sehr, sehr menschenscheu."

Verlegen knete ich meine Hände. Ja, das bin ich wohl. Ich bin lieber bei den Pferden und es gibt nur wenige Menschen, in deren Nähe ich es gut aushalten kann. Nolan ist einer davon.

„Du musst dich den anderen Leuten am Stall zeigen, wenn sie erfahren sollen, wie du bist. Das geht nur über diesen Weg. Ich kann viele gute Worte für dich einlegen, wenn ich mit Kathrin spreche, und das werde ich auch tun – aber sie wird sie überprüfen wollen. Falls sie uns eine Chance gibt. Es könnte auch sein, dass Annes Stimme stärker wiegt. Aber ich werde ihr eine Probezeit vorschlagen, und wenn sie ihr zustimmt, dann musst du in dieser Phase im Stall auftauchen."

Es ist mir ein wenig unheimlich, wie gut Nolan mich durchschaut hat. Denn er hat recht, ich hab mich versteckt. Wann immer ich die Möglichkeit dazu habe, weiche ich Menschen aus. Auf dem Kastanien-Hof war das sinnvoll. Aber auf der White Wing Ranch kann ich das nicht länger durchziehen – falls ich denn überhaupt wiederkommen darf.

„Bist du denn gar nicht sauer auf mich?"

„Warum sauer?" Nolan hebt erstaunt seine Brauen. „Ich finde, dass das alles eine ziemlich schräge Fügung ist. Und ich hätte mir gewünscht, dass endlich ein bisschen Ruhe einkehrt. Aber du hast ja nichts angestellt. Du bist nur davongerannt. Das mag den anderen vorkommen wie ein Schuldeingeständnis, aber du hast niemandem wehgetan."

Da bin ich mir nicht sicher. Ich glaube, Anne hat es wehgetan, mich am Stall zu sehen. Und mir hat es wehgetan, das zu spüren.

„Außerdem darf ich nach zwei Tagen Spring-Training eine Stunde lang mit dir auf dem harten Fußboden sitzen. Gefällt meinem Hintern zwar nicht, ist aber eine schöne Auszeit."

Wieder einmal weiß ich nicht, was ich sagen soll. Aber ich sollte endlich aus diesem blöden Versteck rauskommen. Ohne aufzustehen, rutsche ich Nolan auf meinen Knien entgegen und lehne wie er meinen Rücken an die kalte Heizung. Bequem ist das wirklich nicht, aber auch ich bin froh, ihn hier zu haben. Er hat sich mit irgendwas eingesprüht, was ziemlich teuer duftet, aber in seinen Haaren haftet eine Prise Stallaroma und Sommerwind, eine Mischung, die meinen Puls aus dem Takt bringt und mich an den Geruch meines Kopfkissens erinnert, auf dem er geschlafen hat. Jetzt ist er wieder hier, in meinem Zimmer, und ich möchte nicht, dass er weggeht. Gleichzeitig werde ich die erste 15-Jährige mit einem Herzinfarkt sein, wenn er bleibt. Seit gestern Abend habe ich nichts gegessen, nichts getrunken und nicht geschlafen. Ich bin ein Wrack und kurz davor, meine Wange gegen seine Schulter sacken zu lassen. Nicht, weil ich ihm nah sein will, sondern weil ich meinen Kopf nicht mehr gerade halten kann.

„Ich muss jetzt gehen“, murmelt Nolan mit einem undefinierbaren Unterton und stößt mir ganz leicht seinen Ellenbogen in die Seite. „Ich sag dir Bescheid, sobald ich mit Kathrin gesprochen habe, ja?“

Wie nebenbei streicht er mit seinem Handrücken über meinen nackten Unterarm, dann richtet er sich mit knirschendem Knie auf und streckt sich, bis seine Schultergelenke knacken. Ich selbst kann nicht aufstehen. Bewegungslos beobachte ich, wie seine langen Beine sich aus dem Zimmer bewegen. Erst als er die Tür hinter sich geschlossen hat, ziehe ich mich am Fensterbrett hoch und laufe auf meinen nackten Füßen zum Bett, wo ich mich aufstöhnend in die Matratze sinken lasse.

Willkommen zurück, altes Leben, denke ich ergeben. Wenn Nolan es schafft, eine Probezeit für mich herauszuhandeln, werden Anne und ich uns erneut in die Augen sehen müssen.

Ich weiß nicht, wer mehr Angst davor hat.

Sie – oder ich.

MITTEN INS HERZ

Als das Klingeln meines Handys mich aus einem unruhigen Schlaf reißt, weiß ich sofort, dass etwas mit Saphir passiert ist. In den vergangenen zwei Wochen ist alles viel zu glatt gelaufen, es war geradezu gespenstisch. Kathrin hat mir in dem Gespräch mit Nolan wider Erwarten eine Probezeit von einem Monat eingeräumt, nach deren Ablauf die Stallgemeinschaft abstimmen soll, ob Saphir und ich bleiben dürfen oder nicht.

Die Hälfte dieser Probezeit ist verstrichen. Ich bin Anne in dieser Zeit an genau zwei Tagen für nur wenige Sekunden begegnet, beide Male genau an der Stelle, wo wir uns das erste Mal wiedergesehen haben. Ich habe nur einen kurzen Gruß gemurmelt, ohne sie direkt anzusehen, und habe mich dann schnell verzogen. Ihr schien es ähnlich zu gehen. Wir schaffen es nicht, miteinander zu sprechen, und wenn ich ehrlich bin, will ich es gar nicht. Die anderen behandeln mich höflich, aber distanziert, als wäre es ohnehin eine Frage der Zeit, bis ich wieder fort bin. Nur Kathrins Verhalten mir gegenüber ist unverändert geblieben.

Doch jetzt, wo ich schlaftrunken auf meinem Bett sitze und nach meinem Handy angele, habe ich das Gefühl, in die Realität zurück gerissen zu werden. Gerade eben habe ich noch von Saphir geträumt. Er hat laut nach mir gewiehert, doch um mich herum waberte so dichter Nebel, dass ich ihn nicht sehen konnte. Umso sicherer bin ich mir, dass der Anruf ihm gilt.

Die Nummer auf dem Display kenne ich nicht. Kathrins Nummer habe ich eingespeichert, sie kann es also nicht sein. Rätselnd starre ich auf das Handy, bis ich mich überwinden kann, auf das Symbol mit dem grünen Hörer zu drücken und es an mein Ohr zu heben.

„Hallo?"

„Roxy ...?" Die Stimme klingt panisch und überschlägt sich, selbst in diesem kurzen Wort. Vielleicht kann ich sie deshalb nicht zuordnen.

„Ja, ich bin's."

„Ich erreiche Kathrin nicht und auch die anderen gehen nicht an ihr Telefon, ich weiß nicht, an wen ich mich wenden soll, aber Stromboli ... Sie liegt hier auf der Weide, und ich glaube, sie stirbt ... Saphir hat sie getreten und ... Oh Gott, ich weiß nicht, was ich machen soll!"

Hektisch versucht mein Verstand, die Informationen zu sortieren, während mein Herz so laut zu poltern beginnt, dass ich kaum mehr atmen kann. Jetzt weiß ich, wer am anderen Ende der Leitung ist. Anne. Ja, das ist Annes Stimme! Ich kann nicht glauben, was sie mir erzählt. Saphir hat Stromboli getreten – und nun liegt sie im Sterben? Die beiden haben sich doch verstanden! Stromboli ist es in den vergangenen Tagen nicht gut gegangen, sie konnte kaum noch gerade laufen und hat sich immer wieder hingelegt. Aber wieso sollte Saphir sie treten?

„Roxy?“ Anne schluchzt kehlig in den Hörer. „Ich bin hier ganz alleine ...“

„Ich komme, so schnell ich kann.“ Ohne ihre Antwort abzuwarten, lege ich auf, werfe das Handy auf mein Bett und ziehe mich in Windeseile an. Der Blick auf den Wecker verrät mir, dass wir kurz nach sechs haben, und normalerweise würde ich erst in einer halben Stunde aufstehen und mich für die Schule fertig machen. Doch das ist jetzt egal. Ich verzichte darauf, jemandem Bescheid zu sagen, verschwinde so leise wie möglich aus der WG, schließe mein Fahrrad auf und fahre in einem Tempo zum Stall, als wäre der Teufel hinter mir her.

Die ganze Zeit rede ich mir ein, dass ich es wegen Saphir tue und Anne gar nichts damit zu tun hat. Stromboli ist außerdem nicht ihr Pferd, es gehört Monika, mit der ich bisher kaum Kontakt hatte. Was sie erzählt, kann sowieso nicht wahr sein – dass Saphir Stromboli getreten hat und sie deshalb am Boden liegt. Trotzdem habe ich das Gefühl, in einen pechschwarzen Tunnel hineinzufahren, an dessen Ende kein Licht flackert, sondern ein tiefer, mich verschlingender Abgrund wartet.

Ich sehe Anne schon von Weitem am Waldrand im Gras sitzen. Vor ihr liegt Stromboli, die Läufe von sich gestreckt, das Maul leicht geöffnet, sodass ich selbst aus der Ferne mühelos ihre Zähne erkennen kann. Ihr Leib wirkt unnatürlich aufgebläht, fast wie bei einer trächtigen Stute, die gleich ihr Fohlen zur Welt bringen wird. Ich kann keine Atembewegungen ausmachen. Saphir steht in einigem Abstand bei ihr und wirkt auffällig ruhig, obwohl er die Ohren wachsam gespitzt hat und den Rest der Herde von ihr abzuschirmen scheint. Auch die anderen Pferde rühren sich kaum. Nur Annes Rücken bebt unter ihren Schluchzern so gewaltig, als sei sie das einzige lebendige Wesen weit und breit.

Je näher ich Anne und den Pferden komme, desto langsamer werden meine Schritte, denn ich will Saphir nicht erschrecken. Als ich endlich da bin, hocke ich mich lautlos neben der weinenden Anne ins Gras. Stromboli lebt nicht mehr. Ihre geöffneten Augen sind bereits starr und Scharen von Fliegen lassen sich auf ihren Nüstern und ihrem Rücken nieder. Trotzdem ist mir, als könnte ich sie bei uns spüren, als wäre etwas von ihr noch hier. Zögernd strecke ich meine Hand aus und lege meine Finger auf ihren Hals. Ihr Fell ist warm, doch unter ihm pulsiert kein Blut mehr.

Mir kommt jedes Wort falsch vor. Ich möchte still bei diesem toten Pferd sitzen, so still, wie Saphir bei ihm steht, als würde er aufpassen, dass niemand ihm zu nahe kommt. Es gibt für uns Menschen in diesem Moment nichts zu tun. Aber ich weiß, dass ich reden muss, weil Anne hier ist und nicht aufhören kann zu weinen.

„Weiß Monika Bescheid?"

„Ich hab ihr auf den Anrufbeantworter gesprochen", flüstert Anne, ohne ihre verquollenen Augen von Stromboli abzuwenden. „Sie arbeitet um diese Zeit noch. Nachtschicht. Wahrscheinlich hat sie das Handy aus. Ich konnte einfach nichts mehr tun ..."

„Wieso bist du überhaupt schon so früh hier?" Ich bin viel zu betäubt, um Trauer oder Schmerz zu fühlen. Noch habe ich nicht begriffen, dass ich vor einem Pferd sitze, das gestern noch mit den anderen auf der Weide stand und gegrast hat – und nun nie wieder aufstehen wird.

Zitternd holt Anne Luft. „Mein Vater ist auf dem Weg

zu einer Patientin an der Weide vorbeigefahren, und er hat über den Rückspiegel gesehen, wie Saphir Stromboli gegen die Brust getreten hat. Er kennt sich mit Pferden nicht aus, aber das kam ihm komisch vor, also hat er mich angerufen und gebeten nachzusehen. Als ich hier ankam, lag Stromboli bereits leblos im Gras und Saphir stand direkt neben ihr. Genau wie jetzt, nur ein bisschen näher."

Ich bin so fassungslos, dass ich nichts erwidern kann. Ausgerechnet Annes Vater, der sie vor Gericht vertreten hat, nachdem ich seine Tochter fast krankenhausreif geschlagen habe, hat beobachtet, wie mein Pferd eine alte, kranke Stute tritt – etwas, was ich mir immer noch nicht vorstellen kann.

„Papa hat natürlich sofort den Tierarzt informiert", berichtet Anne schniefend weiter. „Er sollte auch längst hier sein. Aber ich warte jetzt schon eine halbe Stunde auf ihn ..."

„Er kommt bestimmt gleich", versuche ich sie zu beruhigen, obwohl sein Erscheinen keinen Sinn mehr haben wird, richte mich auf und gehe vorsichtig um Stromboli herum. Sie sondert einen seltsamen Geruch ab, das ist mir gestern schon aufgefallen, als ich Saphir von der Weide geholt habe. Prüfend versuche ich herauszufinden, woher er kommt, und hebe testweise ihren Schweif an. Geäppelt hat sie nicht mehr. Wieder fällt mir auf, wie stark gebläht ihr Bauch wirkt. Kann das wirklich eine Folge von Saphirs Tritten sein?

„Hat sie denn schon gelegen, als Saphir sie getreten hat? Hat dein Vater etwas darüber gesagt?"

Anne zuckt hilflos mit den Schultern. „Ich weiß es nicht genau. Er sagte nur, dass ..." Sie bricht ab, lauscht kurz und dreht sich um. Auch ich habe das Zuschlagen einer Autotür gehört. „Der Tierarzt! Endlich ..."

Ja, er ist bereits ausgestiegen und auf dem Weg zu uns – und ich kenne ihn. Verdammt. Es ist Johann Lubeck, der im Frühling Saphir einschläfern sollte, weil die Hohensteins ihm gegenüber behauptet hatten, dass dieses Pferd gefährlich, aggressiv und hochgradig verhaltensgestört sei. Er hat sich zwar für mich und Saphir eingesetzt, nachdem ich Nolan zu Hilfe geholt habe, aber wenn Anne ihm jetzt sagt, dass Saphir Stromboli totgetreten hat, kann das sein Ende bedeuten. Obwohl es drückend schwül ist und in der Ferne ein Gewitter grummelt, fange ich an zu zittern, zwar nur innerlich, aber mir rinnt dabei ein Kälteschauer nach dem anderen über meinen Rücken. Während Lubeck über die feuchte Weide stapft, einen sperrigen Arztkoffer in seiner Hand, versuche ich, Nolan zu erreichen, doch wie befürchtet springt nur die Mailbox an. Er ist seit vorgestern bei einem Intensivtraining in der Schweiz, als Vorbereitung für das entscheidende Turnier nächstes Wochenende. Entweder er schläft noch oder er sitzt schon im Sattel.

„Guten Morgen. Obwohl er wirklich nicht gut beginnt ... Tut mir leid wegen der Verspätung. Ein Notfall nach dem anderen." Johann Lubeck streckt erst mir die Hand hin, dann Anne. Er wirkt nicht überrascht, mich zu sehen – und auch nicht überrascht, ein totes Pferd vor sich liegen zu haben. Schweigend und mit unbewegtem Gesicht geht er wie ich einmal um Stromboli herum, kniet sich dann neben sie, um über ihren Bauch zu tasten, ihren Schweif anzuheben, ihre Lippen hochzuziehen, das Zahnfleisch zu befühlen und mit einer kleinen Lampe in ihre Augen zu leuchten. „Kolik", brummt er schließlich knapp. „Schon die dritte heute früh." Vielsagend deutet er nach oben, als habe das nahende Gewitter etwas damit zu tun.

„Kolik?", hake ich forschend nach. „Sie ist also an einer Kolik gestorben?"

„Sieht so aus, ja." Mit skeptischem Blick streicht er über ihre Brust. „Hm. Was ist denn das?"

Ich schlucke krampfhaft, als ich den Abdruck von Saphirs Huf in Strombolis dunklem Fell erkenne. Die Haut ist nicht aufgerissen, sie blutet nicht, aber es bildet sich bereits eine Schwellung. Dann ist es also tatsächlich wahr. Er hat nach ihr ausgekeilt, während sie mit einer Kolik kämpfte. Oh nein ...

„Er …“ Tapfer richte ich mich auf. Es zu leugnen, hat keinen Sinn. „Saphir hat sie wohl kurz vor ihrem Tod getreten. Ein Augenzeuge hat es beobachtet.“

Anne nickt schweigend, den Blick auf Stromboli gerichtet. Sie weint immer noch.

„Aha“, macht Lubeck unbestimmt und beginnt erneut, Stromboli zu untersuchen und zu betasten, wobei er dieses Mal den Bauch abhört, als könne er ihm etwas Neues über ihren Zustand verraten. Schließlich schüttelt er seufzend den Kopf. „Ich kann auf die Schnelle nicht sagen, woran sie gestorben ist. Wir könnten sie heute Nachmittag in die Klinik mitnehmen, zur Obduktion, ich hole noch ein anderes Pferd in der Nähe ab, das heute Nacht verendet ist. Aber das muss die Besitzerin entscheiden. – Ist sie das?“

Ich folge seinem fragenden Blick und nicke beklommen, während Anne einen gequälten Laut von sich gibt. Mit verzerrtem Gesicht und abgehackten Bewegungen marschiert Monika wie ein Soldat auf uns zu, die Augen in bohrender Intensität abwechselnd auf Stromboli, Saphir und mich gerichtet. Saphir blickt ihr aufmerksam entgegen, ohne sich von der Stelle zu rühren. Mit Erstaunen erkenne ich, dass sie nicht weint.

„Danke, dass du bei ihr warst und hier gewartet hast!“, ruft sie Anne mit harscher Stimme zu, ohne mich dabei aus dem Visier zu lassen. Mir ist, als würde sie jeden Moment eine Waffe aus ihrer Jackentasche ziehen und auf mich schießen. Zu spät begreife ich, dass sie mich hier nicht haben will und längst weiß, dass Saphir ihre Stute getreten hat, bevor sie starb. Doch ehe ich mich zurückziehen kann, hat sie uns schon erreicht und rempelt mich grob zur Seite, um zu Anne zu gelangen und sie in den Arm zu nehmen, als sei es deren Pferd gewesen, das hier gestorben ist. Rasch ziehe ich mich zu Saphir zurück und schaue von dort aus zu, wie Monika erst auf Anne und dann auf den Tierarzt einredet, halblaut und zischend wie eine Schlange. Ich weiß, dass sie unter Schock stehen muss und jeder anders mit einer solchen Nachricht umgeht. Dennoch fühle ich mich von ihr bedroht. Aber ich kann Saphir jetzt nicht im Stich lassen, obwohl alles danach aussieht, als sei er hier der böse Täter und Stromboli sein Opfer.

Johann Lubeck scheint Monika etwas erklären zu wollen, doch sie schüttelt immer wieder heftig ihren Kopf und fällt ihm ins Wort. Ich kann nur Bruchstücke des Gespräches aufschnappen. Es sind genug, um zu wissen, dass es um Saphir geht; auch mein Name fällt immer wieder. Irgendwann löst Anne sich aus der Gruppe, wirft mir noch einen bedrückten Blick zu und verlässt die Weide – wahrscheinlich fährt sie zur Schule, wie ich es eigentlich auch tun müsste. Dann macht der Tierarzt sich auf den Weg zu seinem Wagen, um eine große, grüne Plane aus dem Kofferraum zu holen.

Monika, die mit verschränkten Armen vor Stromboli stehen geblieben ist, hebt ihr Kinn, fixiert mich erneut und geht mit entschlossenen Schritten auf mich zu, bis wir einander so nah sind, dass ich die vielen kleinen Falten um ihre Augen erkennen kann und ihren leicht säuerlichen Atem rieche. Sie tut mir leid, aber stärker ist das Gefühl, mich und Saphir schützen zu müssen.

„Du hast in diesem Stall nichts mehr verloren. Du bringst nur Unfrieden! Erst hast du Anne halb totgeschlagen und jetzt hat dein Pferd meine Stromboli umgebracht. Was soll denn noch alles passieren?“

„Wir wissen doch noch gar nicht, was wirklich passiert ist“, gebe ich so freundlich wie möglich zurück, doch es gelingt mir nicht besonders gut.

„Er hat es wohl nicht verkraftet, dass sie die Leitstute ist“, giftet Monika. „Also musste er sie aus dem Weg schaffen.“

„Sie war schon länger nicht mehr die Leitstute“, erwidere ich ruhig. „Aber es hat deshalb niemals einen Kampf zwischen den beiden gegeben.“

„Ja, weil er darauf gewartet hat, dass sie schwach genug ist, um es mit ihr aufzunehmen. Genau wie du bei Anne. Du hast sie fertiggemacht, als es ihr am schlechtesten ging."

Ich habe keine Ahnung, wovon Monika spricht. Außerdem ist das Menschendenken. Vielleicht sind Menschen derart gemein und berechnend, ja, das kann sein. Aber doch nicht Pferde! Saphir ist nicht so. Er war es nie. Auch wenn die Hohensteins etwas anderes behauptet haben – er war immer klar im Kopf, das hat auch Ray gesagt.

„Du weißt ja sicher, was man so sagt", stößt Monika heiser hervor. „Wie der Herr, so's Gescherr."

„Das sehe ich anders. Stromboli war nämlich ein liebes Pferd."

Ich weiß nicht, ob Monika meine Worte gehört hat. Sie hat sich in dem Moment von mir umgedreht, als ich sie ausgesprochen habe, und ich habe es so leise getan, dass sie im Donnergrollen untergingen. Es würde sowieso nichts ändern. Sie hat sich längst ihr Bild von mir gemacht und Strombolis Tod ist nur die Bestätigung dafür.

Zusammen mit Johann Lubeck breitet sie die Plane über Stromboli aus; anschließend holen sie Holzstücke und Steine aus dem angrenzenden Wald, um ihre Enden zu beschweren, denn der Wind hat aufgefrischt. Saphir ist die Plane sichtlich unheimlich und er weicht ein paar Meter zurück, doch sobald die beiden die Weide verlassen haben und Lubeck davongefahren ist, nähert er sich der abgedeckten Stromboli und stellt sich direkt neben sie, als würde er seinen Wachposten wieder aufnehmen. Ich kann nicht glauben, dass Monika fort ist, ohne sich richtig von ihrem Pferd verabschiedet zu haben. Wahrscheinlich hat sie wirklich noch nicht kapiert, was geschehen ist.

Doch nach einer Weile scheinen die Pferde diese Aufgabe für sie zu übernehmen. Eines nach dem anderen tritt zu Saphir, als würde es ihn um Erlaubnis fragen, und geht dann zu der Plane, um sie ausführlich zu beschnuppern; zwei der Pferde scharren sogar an ihr, als wollten sie sie anheben, um zu schauen, was darunter liegt. Jedes Tier bleibt ein paar Minuten bei Stromboli stehen, um dann dem nächsten Raum freizugeben und zurück zur Herde zu gehen.

Im Gras sitzend, meinen Rücken an den alten, knorrigen Apfelbaum gelehnt, der mir in den vergangenen Wochen so oft Schatten geschenkt hat, schaue ich ihrer stillen Abschiedszeremonie zu und versuche einmal mehr zu verstehen, was Saphir getan hat. Keines der Tiere scheint sich im Krieg mit ihm zu befinden oder gar Angst vor ihm zu haben. Die Herde wirkt gedämpft, aber harmonisch und in stillem Einklang. Nachdem jedes Pferd bei Stromboli verweilt und an der Plane geschnüffelt hat, schließen sie sich wieder zusammen, während Saphir seinen Wachposten nicht verlässt. Mit geschlossenen Augen versuche ich, in ihn hineinzulauschen. Was hast du gemacht, Saphir? Und warum hast du es getan? Kannst du es mir erklären?

Ich glaube zu spüren, dass er sich dessen bewusst ist, was er getan hat, und dass es für ihn sinnvoll war, sogar notwendig. Als hätte es keinen einzigen anderen Weg gegeben. Nicht in dieser Situation, in der weit und breit kein Mensch da war, der Stromboli hätte helfen können, und in der die Herde vollkommen auf sich alleine gestellt war. Zudem wirkt er müde auf mich. Die vergangenen Stunden müssen ungeheuer anstrengend für ihn gewesen sein – und auch für die anderen Pferde. Noch immer fressen sie nicht, sondern stehen dösend beieinander und schlagen mit ihren Schweifen nach den Fliegen, die penetrant summend unter die Plane kriechen und mit zunehmender Wärme auch vor mir nicht mehr haltmachen.

Die apathische Stimmung der Pferde überträgt sich auf mich. Bewegungslos bleibe ich im Schatten des Baumes sitzen, während die Zeit ihre Bedeutung verliert und ein Gewitter nach dem anderen über uns hinwegzieht. Ich spüre weder Hunger noch Durst, weder Kälte noch Hitze. Zwar sehe ich die Gänsehaut, die meine Arme in der plötzlichen Frische überzieht, aber ich fühle sie nicht.

Als die Sonne von einem gelblichen Dunst verschluckt wird, der stechend nach Schwefel riecht, und die Fliegen so angriffslustig werden, dass ich sie kaum noch ertrage, taucht das Auto von Lubeck wieder oben am Straßenrand auf, gefolgt von einem Zugfahrzeug mit Hänger und einem Radlader. Also hat Monika der Obduktion zugestimmt – und wenn sie ergibt, dass Saphir Stromboli getötet hat, sind das unsere letzten Stunden auf der White Wing Ranch und möglicherweise Saphirs letzte Stunden in dieser Welt. Mit brennenden Augen beobachte ich, wie Lubeck und ein anderer Mann mit dem Radlader auf die Weide fahren, die leblose, tonnenschwer wirkende Stromboli auf den Anhänger hieven und sogar Saphir damit vertreiben. Erst als sie wieder wegfahren wollen, bemerkt Lubeck mich, kommt auf mich zu und legt mir leicht seine Hand auf die Schulter. „Morgen wissen wir mehr", sagt er halb tröstend, halb besorgt. Ich nicke nur.

Die Männer sind noch nicht weg, als ein neues Gewitter über mich und die Pferde hinwegfegt, stärker, brutaler und stürmischer als die vorigen. Wütend schlagen die Blitze um mich herum ein und lassen den Untergrund vibrieren. Das Unwetter vertreibt die Fliegen, klärt die Luft und wäscht jene Stelle rein, an der Stromboli gelegen hat. Doch die Dunkelheit in meinem Herzen erreicht es nicht.

Als die Dämmerung sich über die Weide senkt, durchzuckt von wildem Wetterleuchten ohne Donner, erscheinen plötzlich zwei Gestalten am Zaun – eine weibliche, zierliche, die in meine Richtung deutet, und eine mir zutiefst vertraute, athletische und markante, und meine Hände krallen sich unwillkürlich ins nasse Gras. Ich bin zu erstarrt, um aufzustehen oder dieser Gestalt gar entgegenzulaufen. Der Baum scheint zu mir zu gehören, der Wald mein Zuhause zu sein, die Wiese und die Pferde sind fest mit mir verwoben; ich kann mich aus eigener Kraft nicht von ihnen trennen.

Doch Steffen kann es.

Obwohl ich viel zu alt dafür bin, wehre ich mich nicht dagegen, als er sich zu mir herunterbeugt, meine Arme um seinen Hals legt und mich auf seine Hüfte nimmt, um mich wie ein übermüdetes Kind über die Weide zu seinem Auto zu tragen; eine unangezündete Zigarette in seinem Mundwinkel und wieder einmal zu viel Gel in seinen Haaren.

„Ich hab mir solche Sorgen um dich gemacht, Roxy", knurrt er auf den letzten Metern angestrengt, lässt mich jedoch nicht los. „Ich hab dich überall gesucht, hatte keine Ahnung, wo du bist. Mann, ich dachte schon, du bist richtig abgehauen ..."

Oben am Zaun wartet Kathrin auf uns. Steffen nickt

ihr knapp zu und sie erwidert seine Geste mit einem weichen Lächeln. Sie sieht erschöpft aus, als hätte sie den ganzen Tag hart gearbeitet und dabei ununterbrochen reden müssen. Jetzt erst dämmert mir, dass Steffen mich wahrscheinlich oben am Stall gesucht hat und man mich im Dickicht der Bäume von der Straße aus nicht hatte sehen können. Oder sie haben gar nicht erst bei den Pferden nach mir gesucht. Wer setzt sich auch auf eine Weide, wenn es fast stündlich gewittert und regnet, unterbrochen nur von kurzen Phasen sengender Hitze?

Im Auto streift sich Steffen seine Kapuzenjacke ab und versucht, mit ihr meine Haare und Arme trocken zu rubbeln. Dann greift er nach hinten, zieht eine Decke vom Rücksitz und wirft sie mir in den Schoß. Zähneklappernd wickele ich mich darin ein. Jetzt erst registriere ich, wie kalt mir ist. Noch immer rinnt Wasser aus meinem Schopf und läuft in kleinen Bächen meine Wirbelsäule hinunter.

„Sorry, das muss jetzt sein." Routiniert zündet Steffen sich seine Zigarette an und nimmt einen tiefen Zug, um mit einem erlösten Ausatmen den Rauch gegen die beschlagene Scheibe zu blasen. „Ich weiß wirklich nicht viel über Pferde. Aber in einem bin ich mir sicher, Roxy. Es sind keine Killer."

Ich hoffe so sehr, dass er recht hat. Als wir im Quellenhof ankommen, ist es bereits stockdunkel geworden. Steffen schickt mich sofort ins Bett, bringt mir aber noch einen Tee und eine heiße Nudelsuppe. Seit dem Wortwechsel mit Monika kam kein Ton mehr über meine Lippen und auch jetzt schaffe ich es nicht, das zu ändern. Doch Steffen stellt keine Fragen. Vielleicht hat er genügend Informationen von Kathrin bekommen, vielleicht kapiert er auch, dass es nichts zu sagen gibt. Kein einziger Satz kann ungeschehen machen, was passiert ist – und keine einzige Sekunde lang hatte ich Einfluss darauf.

Doch ich würde noch immer für Saphir durchs Feuer gehen.

Möglicherweise werde ich nie erfahren, was er heute früh getan hat und wieso es für ihn sein musste.

Aber das brauche ich nicht, um ihn zu lieben – und ich liebe ihn, unerschütterlich und für immer.

Auch wenn ich mir an diesem Abend mehr denn je wünsche, ihm niemals begegnet zu sein.

NOTLÖSUNGEN

„Du kennst die Regeln?" Steffen wendet sich mir abwartend zu.

„Ja."

„Dann schieß mal los!"

„Ich sage dir in Zukunft immer Bescheid, wo ich bin. Ich gehe nicht aus dem Haus, ohne mich bei dir oder Diana abzumelden. Und wenn doch, melde ich mich von unterwegs. Ich esse und trinke regelmäßig und setze mich nicht mehr stundenlang in den Regen. Wenn mich etwas bedrückt und ich ein Problem nicht alleine lösen kann, vertraue ich mich dir oder Diana an."

So ganz nehme ich Steffen seine Strenge nicht ab, weiß aber, dass ich mir so etwas wie gestern nicht noch einmal leisten kann. Wir haben Glück gehabt. Diana ist bis morgen auf einer Schulung und hat von dem ganzen Drama nichts mitbekommen. Larissa und Clemens hatte Steffen beim Frühstück gesagt, dass ich schon in der Schule sei, wegen einer Berufsberatung.

Und für den Nachmittag hatte er ein angebliches Treffen am Stall vorgeschoben – was ja gar nicht so verkehrt war. Jetzt sind wir schon wieder auf der White Wing Ranch und gleich wird sich entscheiden, was mit Saphir und mir geschehen wird. Kathrin hat Steffen heute Mittag angerufen und darum gebeten, dass ich komme. Krisensitzung in der Hütte. Alle Einsteller werden da sein, auch Monika. Deshalb bin ich eigentlich nicht in Stimmung, irgendwelche Verhaltensregeln vorzubeten. Ich musste Steffen allerdings versprechen, mich ab sofort an diese Regeln zu halten, ohne Wenn und Aber. Ich weiß nicht, ob sie überhaupt noch einmal notwendig werden. Gut möglich, dass mein Leben nach der Krisensitzung wieder so eintönig und öde wird wie zu der Zeit, als Saphir noch nicht in mein Leben galoppiert war.

„Okay, Fledermaus. Dann Abmarsch. Soll ich wirklich nicht mit dazukommen?"

„Nein, schon in Ordnung." Mit Kathrin scheint Steffen sich zwar gut zu verstehen, aber grundsätzlich wirkt er eher wie ein Türsteher als wie ein Sozialpädagoge, wenn er gestresst ist, und dass er gestresst ist, ist nicht zu übersehen. Wenn ich mit ihm in der Hütte auftauche, ist Monika erst recht davon überzeugt, dass Gewalt mein zweiter Vorname ist, zumal die anderen sicher denken, dass er mein Vater ist.

„Du kannst ja ein bisschen spazieren gehen und nach Saphir gucken“, schlage ich ihm vor, obwohl Steffen Spazierengehen todlangweilig findet und der Himmel schon wieder nach Regen aussieht. Die ersten Tropfen fallen bereits auf die Windschutzscheibe.

„Was genau passiert bei dieser Zusammenkunft denn jetzt?“

„Ich habe keine Ahnung.“ Mein Handy habe ich seit gestern Morgen nicht mehr angeschaltet. Nolan ist sowieso in der Schweiz und Kathrin wird ihn informiert haben, was passiert ist. Ich weiß also nicht viel mehr als Steffen – wir treffen uns zu einer Krisensitzung und das Thema ist Strombolis Tod. Vielleicht sind die Obduktionsergebnisse schon da und alle Fragen beantwortet, sodass ich nur noch erfahre, dass Saphir und ich nicht bleiben dürfen. Dieser Gedanke schmerzt so sehr, dass ich ihn sofort wieder beiseiteschiebe, genauso wie die bohrende Angst, dass Saphir von Lubeck als unheilbar aggressiv eingestuft wird und Nolan ihn einschläfern lassen muss. Auch das ist ein Grund, weshalb ich mein Handy nicht mehr angeschaltet habe. Ich möchte gar nicht wissen, was Nolan über die ganze Sache denkt. Aber ich bin überzeugt davon, dass für ihn jetzt eine Grenze überschritten und Saphir als Pferd nicht mehr tragbar ist.

„Ich weiß nicht, ob dich das aufheitert, aber – der

erste Schritt ist getan.“ Steffens linker Mundwinkel wandert ein Stückchen nach unten – seine Art, ein Lächeln anzudeuten. „Ich habe heute das Schreiben bekommen, dass mein Antrag geprüft wird. Immerhin hätten sie ihn auch sofort ablehnen können …“ Ich brauche ein paar Augenblicke, um zu kapieren, wovon er spricht. In den letzten Tagen habe ich überhaupt nicht mehr an diese Adoptionsgeschichte gedacht. „Oder jagt dir das jetzt Angst ein?“

„Nein. – Nein, das tut es nicht.“ Im Gegenteil – es ist sogar wie ein Beweis, dass nicht alles verkehrt an mir ist. Denn Monikas Worte haben mich die ganze Nacht verfolgt. Dass ich Anne halb totgeschlagen habe, stimmt nicht. Sie hat nicht einmal im Krankenhaus bleiben müssen. Trotzdem muss es von außen so aussehen, als würde ich nur Ärger bringen und für nichts gut sein. Aber da draußen ist jemand bereit, zu prüfen, ob ich einen Vater verdient habe, der seit einem halben Jahr mein Betreuer ist. Wenn ich so schrecklich wäre, wie Monika glaubt, würde kein Mensch mich als Tochter haben wollen, der mich bereits kennt. Aber Steffen will es. Und jetzt gibt es einen dritten, der davon weiß. Doch, es hilft mir.

„Dann solltest du da jetzt reingehen, Roxy.“

In der Hütte brennt bereits Licht, und ich kann sehen, dass Leute am Tisch sitzen. Vielleicht sind alle anderen außer mir sogar schon da. Mir wird schwindelig, als ich den Gurt löse, aus dem Auto steige und durch den einsetzenden Nieselregen zur Tür gehe. Die Hütte ist klein, ich kann dort drinnen niemandem ausweichen. Ich werde ganz nah neben jenen Menschen sitzen, die mich in diesem Stall nicht mehr haben wollen; darunter ein Mädchen, das die besten Gründe der Welt hat, sich gegen mich auszusprechen, zumal die Stute, die sie reitet, das andere Pferd von Monika ist. Die Tür klemmt, ich muss mich dagegenstemmen, damit sie aufspringt, und stehe sofort mitten in der Hütte. Crusty drängt sich fiepsend an meine Beine, wie immer außer sich vor Wiedersehensfreude, doch ich beachte ihn nicht und setze mich mit einem genuschelten „Hi" auf den letzten freien Stuhl zwischen Kathrin und einem Mann mit raspelkurzen Haaren und Siebentagebart, den ich erst einmal am Stall gesehen habe und dessen Alter ich unmöglich einschätzen kann. Ich weiß nur, dass ihm Lux, ein großer, cremefarbener Wallach, gehört, auf dem er am Wochenende oft stundenlang durch den Wald streift.

„Gut, dann sind wir vollständig", verkündet Kathrin, die immer noch wie gerädert aussieht. Wahrscheinlich hat niemand von uns in dieser Nacht gut geschlafen. Jetzt erst fällt mir der zweite Mann im Raum auf – und ich hefte meine Augen sofort wieder auf die Tischdecke, als ich ihn erkenne. Es ist Annes Vater. Natürlich, er ist der wichtigste Zeuge und darf nicht fehlen. Wieder tritt er als Kläger auf, wie damals vor Gericht. Ich weiß noch, wie ruhig und besonnen er vor dem Richter gesprochen und wie stark er sich dafür eingesetzt hat, dass ich keine Standardstrafe, sondern Sozialstunden bekomme, die mich fördern sollten. Diese Sozialstunden haben mich genau hier hergeführt – und wieder ist durch mich Schaden entstanden. Als würde ich in meinem Leben nichts anderes zustande bringen, als für Katastrophen zu sorgen.

„Wir haben eine Situation, die auch für mich neu ist." Kathrin lässt ihren Blick durch die Runde schweifen. „Zunächst einmal möchte ich Monika mein Beileid aussprechen. Ich glaube, jedem von uns tut es leid, dass Stromboli nicht mehr da ist, und wir alle haben sie gemocht. Sie war eine tolle Stute. Dort, wo sie jetzt ist, geht es ihr gut, da bin ich mir sicher, aber das kann dir den Schmerz natürlich nicht nehmen." Aus den Augenwinkeln sehe ich, dass Monika bestätigend nickt, aber ich traue mich nicht, ihr ins Gesicht zu schauen. „Mir ist es wichtig, dass wir die Situation so sachlich wie möglich und in aller Ruhe zu analysieren versuchen", spricht Kathrin unaufgeregt weiter. „Robert, vielleicht kannst du einfach noch einmal kurz schildern, was du vom Auto aus beobachtet hast."

„Gerne“, erwidert Annes Vater und mir ist, als sei es erst gestern gewesen, dass ich mit ihm zusammen im Gerichtssaal gesessen habe. Nur ist jetzt seine Tochter dabei. „Es waren nur Sekunden, vielleicht Sekundenbruchteile. Die Stute hockte in einer komischen Stellung auf der Weide. Fast wie ein Hund. Der Schwarze ist gezielt auf sie zugegangen, hat sich direkt vor ihr umgedreht und einmal mit dem Hinterhuf gegen ihre Brust getreten. Daraufhin ist sie zu Boden gesunken, hat aber noch einmal versucht aufzustehen. Ich habe sofort den Tierarzt gerufen und Anne gebeten, schnell rüber zur Weide zu fahren. Wir wohnen ja quasi ums Eck. Leider musste ich zu einem menschlichen Notfall und konnte deshalb nicht anhalten. Aber da ich mich mit Pferden nicht auskenne, hätte ich vermutlich nicht helfen können.“

„Kolikstellung“, bemerkt der Mann neben mir. „So hocken sich Pferde hin, wenn sie eine schwere Kolik haben.“

„Ja, das habe ich auch gelesen“, bestätigt Kathrin unbehaglich. „Anne, du warst ja nur wenige Minuten später bei Stromboli. War sie da schon tot?“

„Ich glaube schon, ja. Ich war ziemlich panisch, wenn ich ehrlich bin. Ich hab immer wieder versucht, Monika und dich zu erreichen, und hab schließlich Roxy angerufen.“ Anne ignoriert die erstaunten Blicke der anderen. „Sie ist sofort gekommen. Stromboli hat die ganze Zeit reglos auf dem Boden gelegen und ich konnte keinen Puls finden."

„Roxy, kannst du das bestätigen? War sie schon tot, als du kamst?"

Ich nicke nur. Meine Ohren dröhnen, mein Herz rast und mir ist so übel, dass ich kaum schlucken kann. Die Schlinge um meinen Hals wird immer enger, mir fehlt die Luft zum Atmen. „Du warst ja viel bei den Pferden. Hast du irgendwann Kämpfe zwischen Saphir und Stromboli beobachtet?"

Stumm schüttele ich den Kopf. Noch immer kann ich nicht aufschauen. Selbst Kathrin vermag ich nicht anzusehen.

„Wenn ich da war, waren sie auch immer friedlich", meldet sich der Mann neben mir wieder zu Wort.

„Du bist unter der Woche aber immer nur abends hier!", ruft Monika erregt. „Du kannst das doch gar nicht beurteilen, Wolf."

„Für diese eine Stunde schon." Er lässt sich nicht aus der Ruhe bringen – fast wie ein echter Wolf.

„Ich glaube, keiner hat mehr Zeit mit der Herde verbracht als Roxy. Und Roxy sagt, sie hat keine Kämpfe beobachtet." Ich bin überrascht, wie fair Kathrin bleibt und dass sie meine Wahrnehmung gelten lässt. „Aber selbst wenn jemand Kämpfe beobachtet hätte, wäre das noch kein Beweis, dass Saphir Stromboli wirklich getötet hat. Nolan selbst kann leider nichts dazu sagen, er ist im Moment in der Schweiz und ich habe mich nur kurz telefonisch mit ihm austauschen können – aber er spricht dir sein aufrichtiges Beileid aus, Monika. Uns allen tut es leid, was geschehen ist, und wir möchten dir gerne helfen."

Monika weicht Kathrins Blicken aus, doch ihr Mund zuckt und ich glaube, Tränen unter ihren gesenkten Wimpern schimmern zu sehen. Auf einmal tut sie mir furchtbar leid. Es muss schrecklich sein, sein geliebtes Pferd auf diese Weise zu verlieren, und vermutlich denkt sie wirklich, Saphir habe Stromboli getötet. Doch ich darf nicht aufhören, mich für ihn einzusetzen – und deshalb muss ich sagen, was mir auf der Fahrt hierher plötzlich wieder eingefallen ist. Ich verdanke es meinen stundenlangen Fernsehmarathons, mit denen ich in den ersten Wochen im Quellenhof meine Schlaflosigkeit zu bekämpfen versucht habe. Jetzt könnten sie endlich zu etwas gut sein. Nolan scheint Kathrin gegenüber nicht gesagt zu haben, dass er Saphir nun loswerden möchte, obwohl ich damit fest gerechnet hatte – also muss ich diese unverhoffte Chance nutzen.

„Mir tut es auch leid, Monika", fange ich stockend an zu reden, vermeide es aber noch immer, die anderen länger als für Sekundenbruchteile anzuschauen. „Und ich würde niemals behaupten, dass Saphir ein einfaches Pferd ist. Aber er ist nicht böse. Und ich ... ich habe ..."

Nun verlässt mich doch der Mut. Es ist viel zu still geworden in der Hütte, und ich spüre, dass alle mich anstarren. Meine Kehle ist wie blockiert.

„Was hast du, Roxy?", fragt Kathrin behutsam nach.

„Ich habe da mal ..." Ich hole tief Luft und richte mich auf, weil ich in dieser zusammengekauerten Haltung, in der ich vorher am Tisch gesessen habe, nicht frei reden kann. „Ich habe mal eine Doku über Wildpferde gesehen. Es ging um ein verletztes Fohlen, das starke Schmerzen hatte und zu schwach war, um mit der Herde mitzuhalten. Der Leithengst hat es daraufhin mit wenigen gezielten Tritten getötet. Er hat es wohl nicht aus Grausamkeit getan, sondern um dem Fohlen längere Qualen zu ersparen und auch, um die Herde zu schützen, denn verletzte Tiere locken Beutegreifer an. Möglicherweise hat Saphir instinktiv aus ähnlichen Gründen gehandelt."

„Ja, die Doku hab ich auch gesehen ...", schaltet sich überraschend Wolf dazu und richtet sich wie ich zu seiner vollen Größe auf. „Cloud, oder?"

Ja, genau, so hatte die Filmemacherin den Hengst getauft. Cloud. Stumm nicke ich. „Ich hab das wie du verstanden, als ich mir das angeschaut habe. Er wollte die Herde schützen."

„Man kann doch ein Fohlen nicht mit einem erwachsenen Pferd vergleichen!", ruft Monika aufgebracht, aber aus ihren Augen rinnen dicke Tränen. „Außerdem war Stromboli die Leitstute und man konnte deutlich sehen, dass Saphir ihren Platz einnehmen wollte!"

„Und du glaubst wirklich, dass er sie dafür umbringen muss?" Wolfs Stimme ist ziemlich laut, ich zucke unweigerlich zusammen, aber ich bin froh, dass er Monika Paroli bietet, denn spätestens jetzt könnte ich es nicht mehr. „Selbst Hengste bringen sich in freier Wildbahn nicht gegenseitig um, wenn sie um die Rangfolge oder um Stuten kämpfen. In der Regel verletzen sie sich nicht einmal!"

„Trotzdem hat es so etwas vorher hier nie gegeben!" Monika schlägt empört mit der Faust auf den Tisch und schluchzt gleichzeitig wie ein Kind auf. „Wir hatten eine friedliche Herde, in der es nie Ärger gab, bis Saphir kam und alles durcheinander rüttelte ..."

„Das stimmt so nicht, Monika", wendet Illy ruhig ein, die die ganze Zeit still zugehört hat. „Als Finja in die Herde kam, hat Linus sie erst einmal gejagt und sie hatte auch einige Bisse am Rücken. Das ist ja auch ganz normal bei Zusammenführungen!"

„Das habe ich anders in Erinnerung. Finja war sofort integriert ... nein, es war alles gut, bis Roxy und ...“

„Hört endlich auf zu streiten!“ Erschrocken reiße ich den Kopf hoch. Anne ist aufgesprungen, ihr Gesicht ist rot vor Wut und ihre Fäuste sind geballt. „Und vor allem hört auf, auf Saphir herumzuhacken! Er hat etwas Gutes getan, nichts Schlechtes! Kapiert ihr das denn nicht? Stromboli hat sich gequält, sie muss furchtbare Schmerzen gehabt haben, und er setzt ihrem Leid mit einem einzigen Tritt ein Ende, aber euch fällt nichts anderes ein, als ihn als einen Mörder zu bezeichnen! Ich wäre froh gewesen, wenn das jemand bei meiner Mutter getan hätte, als sie im Sterben lag und vor Schmerzen fast den Verstand verloren hat ...“ Annes Stimme bricht, und sie schlägt die Hände vors Gesicht, als bereue sie, was sie eben gesagt hat. Stolpernd flüchtet sie aus der Hütte, gefolgt von ihrem Vater, der uns einen entschuldigenden Blick zuwirft und draußen sofort beruhigend auf seine Tochter einzureden beginnt. Auch ich möchte wegrennen. Jetzt erst beginne ich die Worte von Monika zu verstehen. Anne hat vor nicht allzu langer Zeit ihre Mutter verloren. Das muss passiert sein, bevor ich sie verprügelt habe ... Als es ihr am schlechtesten ging, ja, genau das hat Monika gesagt. Bei Gericht ist kein einziges Wort darüber gefallen. Es hat ja auch eigentlich nichts zur Sache getan. Aber es zu wissen, macht meine Tat noch abgründiger und mieser, als sie sowieso schon war. Umso weniger begreife ich, dass es ausgerechnet Anne ist, die sich für Saphir einsetzt.

„So, und genau das wollte ich verhindern." Kathrin streicht sich mit einer entschiedenen Bewegung die Haare aus der Stirn. „Dass diese Runde eskaliert. Dabei fehlt uns noch eine entscheidende Information. Nämlich das Ergebnis der Obduktion. Eigentlich wollte Johann sich auch schon gemeldet haben, aber ... Moment." Kathrins Handy hat zu klingeln begonnen und wandert ihr brummend über den Tisch entgegen. „Das ist er. – Ja, hallo, Johann?" Wieder ist es so still geworden, dass wir den Nieselregen auf das Dach fallen hören können. „Wir sitzen hier gerade alle zusammen und sprechen darüber, darf ich dich auf laut stellen? Prima, danke." Kathrin nimmt das Handy vom Ohr, drückt auf eine Taste und legt es wieder in die Mitte des Tisches. Doch es dauert ein wenig, bis Johann Lubeck zu sprechen beginnt, und ich drücke vor lauter Anspannung mein Knie so fest gegen den Tisch, dass er sich leicht anhebt.

„Also ... Ich habe die Obduktionsergebnisse vor mir liegen." Wir hören Papier rascheln. „Stromboli hatte eine so schwere Kolik, dass wir sie nicht mehr hätten in die Klinik transportieren und operieren können. Sowohl der Dünndarm als auch der Dickdarm hatten sich verschlungen und sie hatte einen Magenriss. Wahrscheinlich haben die Verschlingungen sich schon vor einigen Tagen gebildet. Gestorben ist sie allerdings an einem Herzstillstand. Es kann sein, dass das Herz durch die enorme Kreislaufbelastung aufgehört hat zu schlagen oder der Tritt den Herzstillstand ausgelöst hat. Man könnte sagen, es war Glück im Unglück. Sie hätte sich sonst noch stundenlang gequält. Wäre ich vor Ort gewesen, hätte ich sie sofort eingeschläfert. Bei alten Pferden können solch dramatische Koliken leider vorkommen und ich hatte in dieser Nacht drei weitere Fälle von schweren Koliken, zwei davon sind tödlich ausgegangen. Wir haben Neumond und eine extreme Wetterlage, das kann sich auch auf die Grasqualität auswirken. Alte Pferde in schlechtem Allgemeinzustand sind dann besonders gefährdet. Ich lasse Ihnen die Untersuchungsergebnisse zukommen, Frau Deilingen, dann haben Sie alles schriftlich da. Für weitere Fragen stehe ich natürlich gerne zur Verfügung. Mein herzliches Beileid."

Kathrin nimmt das Handy wieder zu sich und verabschiedet sich mit ein paar kurzen Worten von Johann Lubeck. Wieder kehrt Schweigen ein, doch nun ist es ein anderes als vorhin. Auch vor der Hütte ist es ruhig geworden. Durch das Fenster sehe ich drei Gestalten im Regen stehen – Anne, Steffen und ihr Vater. Steffen hat es offenbar im Auto nicht mehr ausgehalten.

Schließlich ergreift Kathrin das Wort. „Ich möchte nicht, dass Pferde für etwas bestraft werden, das eigentlich die Menschen unter sich ausmachen müssen. Und ich wünsche mir sehr, dass wieder Frieden einkehrt. Was gestern passiert ist, ist schlimm genug. Ein Pferd ist gestorben. Wir müssen es nicht noch schlimmer machen. Ich denke, Roxy und Saphir sollten bleiben, Monika. Es ist an dir, zu entscheiden, ob du damit umgehen kannst oder nicht."

Bevor Monika antworten kann, öffnet sich die Tür und Anne und Robert kehren mit Steffen im Schlepptau in die Hütte zurück. „Wir konnten alles mithören", sagt Anne und wirft mir einen kurzen Blick zu. „Sorry, dass ich vorhin so laut geworden bin. Ich will nicht, dass Saphir weggehen muss oder gar getötet wird. Und von mir aus kann auch Roxy bleiben. So, wie ich Nolan verstanden habe, braucht Saphir sie."

„Wenn Roxy bleibt, gehe ich", sagt Monika tonlos. „Und dann hast du kein Pferd mehr, das du reiten kannst, Anne."

„Dann kriegt sie eben ihr eigenes Pferd." Robert stellt sich schützend neben seine Tochter. „Das ist ja sowieso schon seit Längerem geplant."

Steffens und meine Augen begegnen sich. So einfach

ist das also bei anderen Menschen. Ist das eine Pferd weg, kommt das nächste. Trotzdem bin ich kein bisschen neidisch. Anne hat ihre Mutter verloren. Obwohl ich nicht weiß, wie es ist, eine Mutter zu haben, die einen lieb hat, muss es schlimm für sie gewesen sein. Sie hat nicht nur ein Pferd verdient. Sie kann von mir aus einen ganzen Stall voller Pferde haben, eines schöner als das andere.

Monika schaut mich ein letztes Mal mit einem bitteren Ausdruck in ihren Augen an, steht auf und verlässt ohne ein Wort die Hütte.

„Ich bleibe hier", sagt Anne leise und sieht mich fest an, als wären wir alleine in der Hütte. Ich verstehe sie nicht. Sie hat die besten Gründe der Welt gehabt, zu verlangen, dass ich aus dem Stall fliege, und Monika hat ihr den Weg dafür bereitet. Aber sie hat sich dagegen entschieden. Für einen Herzschlag erwidere ich ihren Blick und spüre, wie ich dabei ganz leicht den Kopf schüttele. Sie hingegen nickt. Und dann nicke ich auch. Ich kann nicht anders.

Ja, wir beide bleiben in diesem Stall. Wir laufen nicht mehr voreinander weg. Fragend wende ich meinen Blick zu Kathrin, die sich zu einem Lächeln zwingt, das ein wenig schwach, aber ehrlich ausfällt.

„Von mir aus können Saphir, Roxy und Nolan ebenfalls bleiben, und ich werde die Herde in den nächsten

Tagen ganz genau beobachten. Sollte mir irgendetwas auffallen, können wir immer noch überlegen, zwei Herden zu bilden, doch heute standen die Pferde den ganzen Tag beisammen und haben viel Fellpflege betrieben. Saphir und Linus haben sogar kurz miteinander gespielt. Linus ist rangniedrig, er würde das nicht tun, wenn er Angst vor Saphir hätte. – Seid ihr auch damit einverstanden, Wolfgang und Ilona?" Beide nicken. Auch Robert wirkt zufrieden und legt Anne die Hand auf die Schulter, als sei er stolz auf sie. „Gut. Dann sage ich Nolan nachher Bescheid, dass alles so bleibt, wie es ist."

„Mann, was für ein Krimi." Steffen hantiert schon wieder mit einer Zigarette herum, steckt sie sich dann aber anstandshalber hinter das Ohr. „Schön, dass Roxy bleiben kann. Der Stall tut ihr gut. Und ich finde es hier auch ganz nett."

Ich hab den Verdacht, dass er eigentlich eher Kathrin meint und nicht den Stall, doch obwohl kurz Eifersucht in mir hochschießt, kann ich ihm das verzeihen. Es ist alles gut gegangen, ohne dass ich Nolans Hilfe gebraucht habe. Zum ersten Mal haben Saphir und ich es alleine geschafft, uns zu behaupten. Wir haben dabei Unterstützung von Menschen bekommen, von denen wir sie niemals erwartet hätten. Sie haben sich weder von Annes anfänglicher Angst noch von Monikas Worten beeinflussen lassen. Wenn ich mich vorher schon öfter bei ihnen gezeigt hätte, hätte ich das viel früher merken können und mir gar nicht so viele Gedanken machen müssen. Wolf scheint in Ordnung zu sein, und auch Illy ist neutral geblieben. Johann Lubeck hat in seiner Besonnenheit und Pferdekenntnis wieder einmal Saphirs Haut gerettet und Kathrin bin ich so dankbar, dass ich gar nicht weiß, wie ich das wiedergutmachen kann. Sie hat immer einen klaren Kopf bewahrt und sich nicht aus der Ruhe bringen lassen. Irgendwann möchte ich mal so sein wie sie.

„Wir haben noch einen Termin heute Abend, Roxy." Steffen klopft mir kameradschaftlich auf die Schulter. „Lust auf Pizza?"

„Ja, und wie." Mit einem vorsichtigen Grinsen luge ich zu ihm hoch. Zum ersten Mal freue ich mich auf unsere WG-Runde. So anstrengend wie diese Krisensitzung kann sie niemals werden. Selbst wenn Diana noch so betulich ist und Clemens stundenlang Blödsinn labert und Larissa wieder versucht, Pizzastücke unter den Tisch fallen zu lassen, um anschließend zu behaupten, ich sei es gewesen – ich werde dort sitzen und die ganze Zeit wissen, dass Saphir seine Familie nicht verlieren wird und ich morgen wieder zur Ranch fahren kann.

„Nächste Woche haben wir übrigens unser Sommerfest auf dem Müllerhof. Ist eine alte Tradition, meine Pferde standen früher dort", sagt Kathrin, als wir uns vor der Hütte voneinander verabschieden. „Vielleicht kannst du abends dazukommen, der Stall ist nicht allzu weit weg. Wir grillen, singen ein bisschen, sitzen zusammen am Lagerfeuer. Wird bestimmt schön. Ich würde mich freuen, wenn du dabei bist."

„Okay, mal schauen." Abends wegzugehen, ist für mich nicht so leicht, wie Kathrin denkt. Und Steffen will ich auch nicht als Aufpasser dabeihaben. Aber mir reicht es schon, dass sie mich dazu eingeladen hat.

Es ist mehr, als ich mir nach den Geschehnissen der letzten Tage jemals erträumt habe. Vor allem fühle ich mich Nolan gegenüber endlich nicht mehr wie jemand, der nur für Unruhe sorgt. Jetzt weiß er, dass er mich mit Saphir alleine lassen und mir vertrauen kann.

Ich brauche ihn nicht mehr.

Wenn er mich jetzt im Quellenhof besuchen kommt, kann ich mir ganz sicher sein, dass es ihm um mich geht.

Nur um mich.

Und wahrscheinlich wird Steffen ihn genau deshalb nicht mehr über die Schwelle lassen.

WUNDHEILUNG

„Bist du bereit?“ Steffen reckt seinen Kopf, als könnte er dadurch mehr erkennen, doch das ist unmöglich. Alles, was wir vom Parkplatz am Rande des Stalls aus sehen können, ist das Flackern des Lagerfeuers und ein paar schemenhafte Gestalten, die sich hinter seinen Flammen bewegen und deren Gesichter nicht zu identifizieren sind.

Die Entfernung zu ihnen kommt mir plötzlich unüberwindbar vor, obwohl sie nicht mehr als hundert Schritte betragen kann. Doch ich habe mir geschworen, zu ihnen zu gehen und endlich reinen Tisch zu machen. Es hängt noch so vieles in der Luft, das für neue Missverständnisse sorgen könnte, wenn ich es nicht offen ausspreche. Steffen weiß nichts von meinem Plan, und ich wiederum weiß nicht, ob er ihn befürworten würde. Für mich jedoch ist er die einzige Möglichkeit, frei zu werden und meine Zeit auf der White Wing Ranch endlich zu genießen. Dieser Abend ist die beste Gelegenheit dafür. Ein Sommerfest auf einem anderen Hof, ausgelassene Stimmung, gemeinsames Grillen und Singen. Die Schrecken der vergangenen Woche reichen nicht bis hierher.

„Ja, bin bereit." Blind greife ich nach hinten und angele meinen Rucksack mit meinem Pyjama und meinem Waschzeug von der Rückbank. Dass Steffen und Diana mir erlaubt haben, die Nacht zusammen mit den anderen auf dem Müllerhof zu verbringen, gleicht einem Wunder. Eigentlich sollte Steffen mich dabei begleiten, doch dann ist Diana krank geworden und er muss nun für sie einspringen. Nächtlicher Bereitschaftsdienst im Quellenhof. Er hat seine Erlaubnis trotzdem nicht zurückgezogen. Zuerst habe ich mich darüber gefreut, doch je näher der Abend rückte, desto mehr wurde meine Erleichterung von einer seltsamen Beklemmung überlagert. Ich habe so etwas noch nie gemacht. Mit normalen Menschen aus einem normalen Leben einen normalen Abend verbracht und danach gemeinsam in einem Zimmer übernachtet. Aber wir sind auf diesem Hof umgeben von Pferden und ich kann jederzeit zu ihnen gehen. Durch ihre Anwesenheit wird die Vorstellung erträglich.

„Dann hab einen schönen Abend, Roxy. Und denke an die Regeln, ja? Wenn irgendetwas aus dem Ruder läuft, ruf mich an. Jederzeit. Versprochen?"

„Versprochen.“ Ich habe mir fest vorgenommen, dass in den nächsten 24 Stunden nichts aus dem Ruder läuft, auch wenn das nicht unbedingt typisch für mein Leben ist. Steffen hält seine rechte Faust in die Luft und ich stupse meine kumpelhaft dagegen, unser neues Abschiedsritual. „Bis morgen.“

Ich warte noch, bis Steffen vom Hof gefahren ist, dann schultere ich meinen Rucksack und laufe auf das flackernde Feuer zu. Kathrin hat gerade angefangen zu singen, begleitet von Wolf an der Gitarre, und ihre weiche, volle Stimme lässt angenehme Schauer über meinen Rücken rieseln. Ich kenne das Lied nicht, doch ich bin mir sicher, dass Nolan es mögen würde. Er wird als Einziger von der White Wing Ranch heute Abend nicht hier sein. Aber das, was ich gleich tun werde, wird mir ohne ihn leichter fallen. Ich durfte bei ihm dafür üben, er ist immer ein geduldiger Zuhörer gewesen, wenn ich es mal gewagt habe, von mir zu erzählen – jetzt muss ich es alleine durchziehen.

Als ich das Feuer erreicht habe, lehne ich mich unauffällig gegen einen der schweren Holztische, die reich mit Salaten, Tellern, Brot und Getränken gedeckt sind, und höre Kathrin mit einem wehmütigen Gefühl im Bauch zu, bis die letzten Akkorde der Gitarre verklungen sind. Bevor mich jetzt jemand begrüßen oder ansprechen kann, ergreife ich das Wort.

„Hi. Ich möchte euch gleich etwas sagen. Das ist mir wichtig.“

Wolf lässt mit einem überraschten Grinsen die Gitarre sinken und zwinkert mir zu.

„Ihr solltet ein paar Dinge über mich wissen.“ Oh Mann, das klingt auswendig gelernt und schrecklich hölzern und wichtigtuerisch – aber besser kriege ich es nicht hin. „Ich bin Legasthenikerin und ich habe eine Leseschwäche. Deshalb gehe ich auch auf eine Förderschule. Also wundert euch nicht, wenn ich nie etwas in der WhatsApp-Gruppe schreibe. Ich kann es einfach nicht gut. Das hat nichts mit euch zu tun. Wenn ihr mir etwas zu lesen gebt und ich verstehe es nicht gleich, dann ist das nicht Trotz oder Faulheit. Ich brauche wirklich ewig dazu. Vielleicht könntet ihr es mir einfach vorlesen, das geht schneller.“ Mit jedem Satz werde ich sicherer und meine Stimme klingt freier. Alle haben ihre Köpfe gehoben und schauen zu mir hoch, während das Feuer beständig vor sich hin knistert. „Steffen ist nicht mein Vater, sondern mein Betreuer. Ich lebe im Quellenhof, einer sozialpädagogisch geführten Wohngemeinschaft für Jugendliche, die Schwierigkeiten mit ihrem Leben haben. Meine Mitbewohnerin ist magersüchtig und mein Mitbewohner hat ein Party- und Drogenproblem. Ich habe keine Eltern und eine Zeit lang auf der Straße gelebt. Es stimmt, dass ich Anne verprügelt habe, und es tut mir sehr leid. Ich war zu diesem Zeitpunkt krank und vollkommen ausgehungert. Das soll keine Entschuldigung sein. Aber ich habe so etwas vorher nicht getan und danach auch nicht. Ich mag keine Gewalt. Ich bin selbst oft verprügelt worden, ich weiß, wie beschissen dieses Gefühl ist. Ansonsten gibt es über mich nicht viel zu sagen. Ich liebe Pferde. Deshalb bin ich hier. Ich helfe euch immer gerne mit euren Pferden oder beim Stalldienst. Ach ja, und Nolan ist in Ordnung. Er war immer fair zu mir und er ist ein guter Reiter. Er meinte, niemand von euch müsste all das wissen, was ich euch eben erzählt habe. Aber ich wollte, dass ihr Bescheid wisst. Und jetzt wisst ihr Bescheid." Keine Ahnung, ob es die Flammen sind, die mein Gesicht zum Glühen bringen, als hätte ich Fieber, oder ob es mein Geständnis ist. Doch ich bin es leid, zu verstecken, wer ich bin und wie ich lebe. Es ist nichts Verkehrtes daran. Noch immer verhindert das Feuer, dass ich die anderen gut erkennen kann. Nur Wolfs Gesicht wird von der Glut rötlich erhellt und er schaut mich so entspannt und freundschaftlich an, dass ich lächeln muss.

Endlich bricht Kathrin das Schweigen. „Schön, dass du da bist, Roxy. Wir haben schon auf dich gewartet. Es sind noch Würstchen da – magst du dir eins holen?"

„Ich glaub, ich krieg jetzt keinen Bissen runter. So

viel rede ich normalerweise in einem ganzen Jahr nicht." Ich höre Illy hell auflachen, es klingt verständnisvoll und aufrichtig amüsiert, und sogar Anne wagt ein schüchternes Grinsen. „Kann ich mich erst mal ein bisschen hier umsehen?" Erst jetzt bemerke ich, dass auch fremde Leute ums Feuer sitzen, die ich noch nie zuvor gesehen habe. Wahrscheinlich sind es die Besitzer des Hofes. Doch sie nicken mir nur auffordernd zu und so streife ich in aller Ruhe durch den großen, nach Kräutern duftenden Garten, über den gepflasterten Innenhof und an den Weiden entlang, bis meine Augen sich an die Dunkelheit gewöhnt haben und ich einige Pferde erkennen kann, die dösend beieinander im Mondlicht stehen und mit glänzenden Augen zu mir herüberschauen. Ein paar Minuten lang bleibe ich am Zaun und genieße die nächtliche Ruhe, die nur ab und zu von dem Ruf eines Käuzchens aus dem nahe gelegenen Wald unterbrochen wird, dann laufe ich in einem großen Bogen hinüber zu den Stallungen, wo die übrigen Pferde die Nacht in ihren Boxen verbringen. Kathrin hat wieder zu singen begonnen und ich beschließe, mich erst noch ein Weilchen zu den anderen ans Feuer zu setzen, obwohl mich das Geräusch der malmenden Pferdekiefer magisch ins Innere des Stalles zieht. Ich kann später immer noch zu ihnen gehen.

Die drängende Wehmut in meinem Herzen bleibt, als

würde Kathrins Stimme sie bei jedem weiteren Song von Neuem anfachen. Immer wieder muss ich an Nolan denken. Er hat heute sein entscheidendes Turnier bestritten – die finale Hürde für seinen Platz in Warendorf. Ich weiß nicht, wie es ausgegangen ist. Er hat sich Mitte der Woche das letzte Mal bei mir gemeldet, um mir per Voicemail viel Freude beim Sommerfest zu wünschen, und an seiner Art, zu sprechen, konnte ich hören, dass er in Eile war.

Auch jetzt habe ich das Gefühl, er ist Lichtjahre von uns entfernt. Wann immer Kathrin ein neues Lied anstimmt, scheint die Kluft zwischen unserer gemütlichen Lagerfeuer-Runde und Nolans termingesteuertem Turnierreiter-Leben tiefer zu werden. Trotzdem weiß ich, dass es ihm hier gefallen würde. Aber es wäre nur ein kurzer Ausflug für ihn. Nicht mehr. Sein Dasein spielt sich auf den großen Dressur- und Springplätzen ab.

Es ist schön, mit den anderen hier zu sitzen und zu wissen, dass ich endlich in der Stallgemeinschaft angekommen bin, und doch tut es weh. Nolan kann es nicht sehen, und ich weiß nicht, ob wir jemals wieder so viel Zeit miteinander verbringen werden, dass ich ihm davon erzählen kann. Irgendwann hole ich mir doch ein Brötchen und eine Fanta und ziehe mich unauffällig zurück, um hinüber zu den Stallungen zu gehen und die warme, ruhige Boxengasse zu betreten. Sofort muss ich an meine Abende auf dem Kastanien-Hof denken, und obwohl ich dort alles andere als eine leichte Zeit hatte, sehne ich mich auf einmal danach zurück. Die meisten Pferde ruhen bereits mit eingeknicktem Hinterhuf und schauen mir in sanfter Neugierde entgegen. Nur wenige Tiere sind noch mit ihrem Futter beschäftigt.

Doch als ich nach einer kleinen Pause, in der ich mein Brötchen fertig esse, gemächlich in den hinteren Bereich des Stalles laufe, tönt mir ein Wiehern entgegen, das mich mitten in der Bewegung erstarren lässt. Es kommt mir bekannt vor, vertraut, als hätte ich es vor langer Zeit schon einmal gehört, nein, viele Male, und es sticht mir ins Herz, sodass ich ins Schwanken gerate. Seufzend greife ich mir an meine Brust. Wieder ertönt das Wiehern, wie eine sehnsüchtige Begrüßung nach langer, langer Zeit, und ich antworte mit einem leisen Wimmern.

Nein. Das kann nicht sein. Ich muss mich irren. Jedes Pferd hat sein eigenes Wiehern, es ist unverwechselbar, das weiß ich genau, und wahrscheinlich spielt mir meine Erinnerung einen Streich und ich glaube nur, es wiederzuerkennen. Ich werde zu der Box gehen, aus der das Wiehern kommt, und alles wird sich klären.

Mein Atem wird schneller, als ich die Box erreiche

und die weißen, haarigen Nüstern sehe, die sich auf der Höhe meiner Oberschenkel durch das Gitter drängen. Dieses Pferd ist so klein, dass ich über die Tür schauen muss, um es sehen zu können, und wieder entweicht meiner Brust ein Wimmern. Es sieht ihm so ähnlich ... Es riecht sogar wie er. Und es benimmt sich wie er. Wie kann das sein? Er ist doch längst tot ... Ohne nachzudenken, öffne ich die Boxentür und gehe zu ihm, um sofort auf die Knie zu fallen und ihm meine Hände entgegenzustrecken. Ich muss es berühren. Das Pony ist mager, ich kann seine Rippen unter meinen Fingern fühlen, und seine Augen liegen tief in ihren Höhlen. Ein drittes Mal stößt es ein erkennendes, rufendes Wiehern aus und beginnt, mit seinen Nüstern über mein Gesicht zu tasten und mir dabei so nahe zu kommen, dass ich meine Arme um seinen Hals schlingen kann, wie ich es als Kind so oft getan habe. Tränen laufen über meine Wangen, weil ich weiß, dass dies nur ein dummer, blöder Zufall ist, es gibt viele alte weiße Ponys, die aussehen wie er.

„Hey. Alles okay bei dir?"

Hastig wische ich mir mit dem Ärmel die Nässe von meinem Gesicht, bevor ich aufstehe und mich umdrehe. Ich habe die Stimme sofort erkannt. Anne ist zu mir gekommen – wahrscheinlich hat sie mich gesucht.

„Ja, alles in Ordnung", lüge ich und versuche mich an

einem Lächeln. Sie muss sehen, dass ich ihr etwas vormache, doch es scheint sie nicht zu stören.

„Gut. Ich will dir die ganze Zeit schon etwas sagen."

„Du willst mir etwas sagen?", vergewissere ich mich fragend. Bin nicht *ich* ihr mindestens tausend Erklärungen schuldig? Plötzlich empfinde ich die Boxentür zwischen uns als störend. Das Pony klebt immer noch an meinen Beinen, doch ich löse mich von ihm und gehe zu Anne auf die Stallgasse.

„Ja. Wegen dieser Sache ... Als du mich ... Na, du weißt schon." Anne macht eine undeutliche Handbewegung vor ihrem Gesicht und ihrer rechten Seite – jene Stellen, die ich damals mit meinen Fäusten traktiert habe. „Ich – ich wollte es. Deine Schläge."

„Du hast – was?" Ich kann nicht fassen, was sie sagt. Wie kann man so etwas nur wollen? Was für einen Sinn ergibt das denn?

„Ja. Du hast schon richtig gehört." Anne lächelt unglücklich und streicht sich eine blonde Strähne hinters Ohr. „Ich wollte es. Meine Mutter war gerade erst ein paar Wochen tot. Sie hatte Krebs, weißt du? Ich war so traurig – und unglaublich wütend. In der Schule haben mich alle nur noch mit Samthandschuhen angefasst, niemand hat darüber gesprochen, sie sind mit mir umgegangen wie mit einer Behinderten. Ich war auf jeden und alles wütend. Auf die Ärzte, die ihr nicht helfen konnten, meine Klassenkameraden, meine Lehrer, die alle viel zu nett und nachsichtig waren, auf mein ganzes Leben. Und dann habe ich eines Tages von euch gehört. Alle haben darüber geredet. Dass da ein paar Mädchen sind, die andere auf dem Schulweg abpassen und bedrohen und ausrauben, jedes Mal an einer anderen Stelle. Ich hab euch dafür gehasst, dass ihr so etwas Gemeines tut, obwohl ihr noch eure Eltern habt und glücklich sein müsstet. Dass ihr auf solche Ideen kommt. Einfach so, ohne Not."

„Ich hab keine Eltern", widerspreche ich leise und ohne jeden Vorwurf. „Und ich war in Not." Es entschuldigt nicht, was ich getan habe.

„Ja, das weiß ich jetzt auch", gesteht Anne und blinzelt sich eine Träne aus den Wimpern. „Aber damals wusste ich das nicht. Ich dachte, dass euch einfach nur langweilig ist und ihr Spaß daran habt, andere Mädchen zu verängstigten. Weil es euch zu gut geht."

Nein, Spaß hat mir das nie gemacht. Bei Jessy, Leila und Nora weiß ich's nicht genau, für sie war es bestimmt ein Kick, sonst wären sie nicht so scharf darauf gewesen. Für mich war es allenfalls eine miserable Aufgabe. „Ich hab euch so sehr gehasst, dass ich euch persönlich begegnen wollte. Also habe ich es darauf ankommen lassen. Fünfmal habe ich euch verpasst. Ich habe immer eine falsche Stelle gewählt. Ich war fast schon enttäuscht. Am sechsten Tag wart ihr endlich da. Doch als ich dich gesehen und dir in dein Gesicht geschaut habe, hat sich etwas in mir gedreht." Annes Sätze werden immer abgehackter und sie hat ihre Lider gesenkt, sodass sie mich nicht mehr ansehen muss. „Ich hab plötzlich gemerkt, wie sehr mir meine Mutter fehlt und wie einsam und verzweifelt ich bin. Der ganze Hass und die ganze Wut waren mit einem Schlag weg. Da war nur noch Schmerz. Als hättest du den Hass und die Wut in dich aufgesaugt, und ich hab das nicht ausgehalten. Eine Sekunde lang wollte ich wirklich, dass du mich totschlägst. Damit ich nichts mehr spüre, nie wieder. Deshalb habe ich dich geرempelt. Ja, ich hab dich provoziert. Erst als ich auf dem kalten Boden lag und mein ganzes Gesicht gebrannt hat, habe ich Angst bekommen – und in dem Moment hast du von mir abgelassen. Die Angst ist danach auch nicht mehr weggegangen, sie ist geblieben, jeden Tag. Aber es war nicht Angst, dass du mich noch einmal schlägst. Sondern Angst, dass ich dir noch einmal begegne, dich anschaue und wieder all das spüre, was ich nicht spüren will. Deshalb habe ich mich vor Gericht auch von meinem Vater vertreten lassen. Ich wollte dir nicht begegnen. Nie wieder."

Annes Geständnis haut mich um, meine Gedanken rasen wild durcheinander, doch es ergibt Sinn. Jetzt weiß ich, warum sie mich derart herausfordernd angeschaut hat, als sie mir in der Gasse entgegenlief, und ich heftiger darauf reagiert habe, als ich es eigentlich wollte. Ich habe es nur völlig falsch interpretiert. Ich dachte, sie verachtet mich, weil ich so verwahrlost und heruntergekommen bin. Doch dass sie ihren Schmerz betäuben wollte, kann ich nachvollziehen. Ja, diesen Wunsch hatte ich auch schon. Oft sogar.

„Hast du das alles damals schon gewusst?"

„Nein, noch nicht so richtig. Ich hab das erst nach und nach verstanden. Ich glaube, meinem Vater war es von Anfang an klar. Natürlich hat er sich riesige Sorgen um mich gemacht, aber nachdem er erfahren hat, was du erlebt hast, hat er viele Gespräche mit mir darüber geführt und ich hab begriffen, dass ich kein hilfloses Opfer gewesen bin, sondern auch etwas zu der Situation beigetragen habe. Deshalb wollte er übrigens, dass du Sozialstunden bekommst – und zwar nicht irgendwelche. Sondern etwas, was dir hilft."

„Ja, und diese Sozialstunden haben mich zum Kastanien-Hof und zu Nolan und Saphir gebracht – und schließlich zur White Wing Ranch."

Jetzt schaut Anne mich wieder an und ich sehe immer noch ein wenig Angst in ihren Augen. „Papa glaubt an Fügung und so. Vielleicht muss er das, um das mit Mama zu verkraften. Als ich ihm erzählt habe, dass du bei uns im Stall bist, hat er das sofort als Chance gesehen. Er hat beim Jugendamt angerufen und lange mit Steffen geredet, um sich über deine jetzige Situation zu informieren, und danach hat er mit mir gesprochen. Steffen muss sehr überzeugend gewesen sein. Papa hat ihm darin vertraut, dass ich am Stall sicher bin und du mir nichts tun wirst. Wobei ich das eigentlich selbst weiß. Und ich weiß auch, dass ich meinen Teil zu der ganzen Sache beigetragen habe."

„Was sie nicht besser macht", bekenne ich bitter. „Ich hab richtig Scheiße gebaut. – Echt, dein Vater hat mit Steffen gesprochen, nachdem wir uns an der Hütte begegnet sind? Davon wusste ich gar nichts."

„Nicht nur mein Vater. Kathrin hat sich auch mit ihm getroffen. Er hat sich ziemlich für dich eingesetzt."

Du Mistkerl, denke ich gerührt und ein wenig sauer. Du hast hinter meinem Rücken agiert und mir keinen Pieps davon gesagt! Wollten wir uns von nun an nicht immer alles erzählen – neue Regeln und so? Aber es erklärt, warum Kathrin mir die Probezeit ermöglicht hat und Robert ihr zugestimmt hat. Jetzt weiß ich mehr denn je, dass Steffen an mich glaubt und mich unterstützt, auch wenn er niemals begeistert davon sein wird, dass ich mit Nolan Hilbert zu tun habe. Aber das ist ja nun größtenteils Vergangenheit.

„Ach ja, und Nolan hat Papa auch angerufen. Papa redet gerne mit Menschen, das ist so was wie sein Hobby." Anne wagt ein schelmisches Grinsen. „Immerhin war er so schlau, nicht mit dir zu sprechen. Ich glaube, du redest nicht so gerne, oder?"

„Stimmt." Ich merke plötzlich, dass ich instinktiv die Luft angehalten habe, als Nolans Name fiel. Meine liebsten Menschen haben Gespräche mit Annes Vater geführt, über mich, ohne dass ich davon wusste. Wie eine Armee für Roxy und Saphir, die sich hinter uns formiert hat, um für uns zu kämpfen. „Ich muss das alles erst mal verdauen." Mit der Hand auf der Stirn lehne ich mich gegen die Boxentür. Mein Kopf glüht schon wieder. „Das ist irgendwie zu viel auf einmal."

„Ja, verstehe ich. Für mich auch." Anne tritt einen Schritt zurück und wendet sich zum Gehen. „Ich lass dich besser wieder alleine."

„Nein, warte noch kurz – warst du schon öfter auf diesem Hof?"

„Ja, wir feiern hier jedes Jahr das Sommerfest. Außerdem hab ich früher hier Reitstunden genommen."

„Weißt du zufällig, was das für ein Pferd ist?" Ich deute hinter mich, wo ich die Gegenwart des kleinen weißen Ponys so deutlich spüre, dass ich das Gefühl habe, es immer noch im Arm zu halten.

„Ja, das ist der Methusalem des Stalls. Die Müllers haben ihn vor einer halben Ewigkeit vorm Schlachter gerettet. Er kommt aus einem Wanderzirkus, war ziemlich krank und verwahrlost. Er ist schon über dreißig Jahre alt – Wahnsinn, oder?“ Anne schüttelt bewundernd den Kopf. „Sie haben ihn über Monate aufgepäppelt, und irgendwann sah er wieder aus wie ein richtiges Pony und hat zugenommen und konnte schmerzfrei laufen. Die Kinder der Müllers lieben ihn. Ich hab früher oft mit ihm gespielt, als ich hier Reitstunden genommen habe. Er ist ein richtiges Kuschelpferd.“

„Hat er auch einen Namen?“ Ich wundere mich, dass ich überhaupt noch sprechen kann. Ich ersticke fast an meinen zurückgehaltenen Tränen.

„Klar. Grisu. Kannst ruhig wieder zu ihm, die Müllers haben bestimmt nichts dagegen. – Ich gehe jetzt wieder zu den anderen. Bis nachher, Roxy.“

Sobald Annes Schatten in der Nacht verschwunden ist, stürze ich zu Grisu in die Box und sinke schluchzend neben ihm in das frisch aufgeschüttete Stroh. Er ist gar nicht getötet worden! Er wurde vorm Schlachter gerettet. Ja, er ist am Leben! Und er hat mich sofort wiedererkannt ... Die ganze Zeit habe ich um ihn getrauert und die Erinnerungen an ihn verdrängt, dabei hat er gelebt, er hatte es sogar gut, Kinder haben sich um ihn gekümmert und liebe Menschen ihn gesund gepflegt. Es kommt mir so vor, als habe er Jahr für Jahr geduldig gewartet, bis meine verschlungenen Wege mich endlich zu ihm geführt haben. „Ich bin wieder da, Grisu ... Ja, ich bin da.“ Weinend halte ich ihn in meinem Arm und drücke meine Nase in seine lange, silbrige Mähne. Er steht ganz still bei mir, als wüsste er genau, wie mir zumute ist, und atmet nur hin und wieder tief und beruhigend durch, ein Geräusch, das meine Tränen nach und nach versiegen lässt und mir heilenden Frieden schenkt. Mir ist klar, dass er hierbleiben wird, in seinem Zuhause, und ich will ihn gar nicht mitnehmen. Er hat es gut in diesem Stall und ich kann ihn besuchen, wann immer ich möchte – solange er noch lebt.

Aber diese eine Nacht werde ich bei ihm bleiben und an seiner Seite schlafen, wie ich es früher so oft getan habe. Das kann uns niemand nehmen. Getröstet und geborgen rolle ich mich neben ihm auf dem duftenden Stroh zusammen und wie in Kindertagen legt er sich nach einigen Minuten so dicht neben mich, dass ich meinen Bauch an seinen warmen Rücken schmiegen und meinen linken Arm auf seinen Hals legen kann.

Erst als ich fest eingeschlafen bin, steht er wieder auf und hält neben mir Wache. Ich spüre es im Traum.

Er passt auf mich auf – und er hat es all die Jahre getan, in denen ich um ihn getrauert habe.

Er ist immer da gewesen.

Zwischen Welten

Als ich wach werde, weil jemand eine schwere, weiche Decke über mir ausbreitet, und traumtrunken die Augen öffne, glaube ich im ersten Moment, in alte Zeiten zurückgerutscht zu sein. Ich liege wieder bei meinem kleinen weißen Pferd im Stroh, meinem besten Freund, der mir immer Nähe, Wärme und Geborgenheit schenkt, wenn ich sie brauche. Doch das Stroh, in dem ich damals gelegen habe, war schmutzig und feucht gewesen, und nie war jemand zu mir gekommen, um mich zuzudecken. Ich habe oft gefroren und Hunger und Durst gehabt. Nur langsam kehrt die Gewissheit der Gegenwart zu mir zurück. Ich bin kein Kind mehr. Ich bin niemandem mehr ausgeliefert und kann eigene Entscheidungen fällen. Ich darf mir sogar meinen Vater aussuchen.

Doch der Mensch, der zu mir und Grisu gekommen ist und so ruhig und abwartend neben mir sitzt, ist nicht Steffen und auch nicht Anne oder Kathrin. Ich weiß es, ohne mich zu ihm umzudrehen. Dieses unbeschreibliche, lebendige Gefühl, das mich in seiner Nähe durchströmt, kann nicht einmal Saphir mir schenken. Trotzdem warte ich noch einige pochende Herzschläge lang, bis ich mich von den letzten fernen Kindheitserinnerungen befreit habe und mich klar und wach genug fühle, um ihn anzusehen.

„Hey ...“, begrüßt Nolan mich so leise, dass ich seine Stimme nur erahnen kann. „Hast du geweint?“ Sacht berührt sein Daumen meine feuchten Wangen. „Dieses Pony erinnert dich an ihn, oder?“, fährt er fort, als ich nicht antworte. Doch auch auf diese Frage kann ich nicht antworten. Nicht jetzt. Ich werde ihm davon erzählen, eines Tages, aber heute Abend ist so viel passiert, ich habe so viel von mir offenbart, dass diese unglaubliche Fügung erst einmal mein und Grisus Geheimnis bleiben wird. Ich glaube auch nicht, dass ich schon darüber sprechen kann, ohne wieder zu weinen.

Nolan so unerwartet bei mir zu wissen, ist, als wäre ich von einem Traum in den nächsten übergegangen. Meine Bewegungen fühlen sich ungewohnt weich an, als ich mich aufsetze und ihn betrachte, wie er neben mir im Stroh sitzt, den Rücken an die Boxenwand gelehnt, ein Bein aufgestellt, das andere ausgestreckt. Er riecht wieder einmal so gut, dass ich unwillkürlich tief einatme, und wirkt mit seinem hellen Hemd, seiner dunklen schmalen Jeans und der schief sitzenden, gelösten Krawatte um seinen offen stehenden Kragen wie ein Fremdkörper im Stall.

„Wo kommst du denn her?“ Selbst meine Stimme klingt anders als sonst. Nicht mehr so rau und jung. Als wäre sie durch das Weinen reifer geworden.

„Bin von meiner eigenen Party abgehauen.“ Nolan verzieht sein Gesicht zu einer leichten Grimasse, halb Grinsen, halb Schuldbewusstsein. „Hab es dort nicht mehr ausgehalten.“ Ich kann mir denken, warum diese Party für ihn ausgerichtet wurde und vor allem, wer sie ausgerichtet hat. Die Mafia des Kastanien-Hofs, angeführt von den Hohensteins und seinem Vater. Wahrscheinlich musste er sogar im Blitzlichtgewitter mit Isabella tanzen; Beziehungspause hin oder her.

„Ich hab's geschafft, Roxy. Hab mein Ticket nach Warendorf geholt“, beantwortet er meine unausgesprochene Frage – und er hört sich dabei weder glücklich noch triumphierend an. „Lady hatte den Lauf ihres Lebens. Sie hat keine einzige Stange touchiert.“

„Herzlichen Glückwunsch“, erwidere ich mit einem drückenden Gefühl in der Kehle. Ich sollte mich für ihn freuen, er hat sein lang ersehntes Ziel erreicht und das mit Bravour, aber es gelingt mir nicht. Und ich werde den Eindruck nicht los, dass er sich ebenfalls kaum freut. „Wann fängst du an?“

Nolan rückt seufzend ein Stückchen näher und senkt seinen Kopf, sodass ich seinen Atem auf meinem Gesicht spüre und seine feinen, dunklen Wimpern zählen könnte, wenn ich wollte. Eine seiner eigensinnig gewellten, hellbraunen Strähnen folgt seiner Bewegung und berührt dabei fast meine Stirn. „In zwei Wochen. Bundeswehr-Grundausbildung in Nürnberg."

Zwei Wochen. So bald schon. „Werden sie dir deine Haare abschneiden?" Alleine die Vorstellung weckt in mir den Wunsch, ihn vor der Kaserne zu bewahren und in ein anderes Land zu verschleppen, wo sie ihn nicht finden können. Ich kriege dieses Bild nicht zusammen. Nolan mit geschorenem Kopf und einer Waffe in der Hand, weil das nun mal die Voraussetzung ist, dass er in Warendorf seinen als Turnierreiter getarnten Dienst antreten kann. Es passt nicht zu ihm. Er kann so gut reiten, wie er will – es passt einfach nicht.

„Die wachsen wieder."

Ich hab sie nie berührt. Ich wollte es so oft, aber allein den Gedanken habe ich bereits in dem Moment gekillt, in dem er in mir aufgestiegen ist.

„Und jetzt? Suchen die dich nicht?" Es muss doch auffallen, dass Nolan seine eigene Siegesparty verlassen hat. Allzu spät kann es nicht sein, denn vom Feuer schwappen immer noch leise Stimmen und melancholischer Gesang zu uns in den Stall.

„Und wenn schon." Nolan zuckt mit den Schultern, wobei seine rechte leise knackt. „Ich hab nicht um diese Party gebeten. Sie haben sich echt Mühe gegeben, Buffet samt Schokoladenbrunnen, eine Band, ein Diavortrag über meine Reiterkarriere, aber ..." Er lächelt mit niedergeschlagenen Augen, als würde er sich nicht trauen, mich anzuschauen. „Mir war nach Ruhe. – Nach dir." Noch immer hebt er nicht seinen Blick, sodass ich Zeit habe, sein Gesicht zu studieren – seinen leicht schiefen, unverwechselbar geschwungenen Mund, seine markanten Wangenknochen und die kleine, gerade Falte zwischen den Brauen, die auch jetzt nicht weichen will. Ich versuche, mich damit von dem abzulenken, was er gerade gesagt hat und wie ein Echo in mir nachhallt. *Mir war nach dir.* Mir war auch nach ihm. Den ganzen verdammten Abend lang. Aber ich schaffe es nicht, ihm das zu sagen. Alleine darum zu wissen, gibt mir das Gefühl, an einen dünnen Ast geklammert auf einen reißenden Wasserfall zuzusteuern, die rettenden Ufer unerreichbar.

„Wir werden jetzt gut ohne dich zurechtkommen, Saphir und ich", versichere ich ihm, obwohl ich keine Ahnung habe, ob das wirklich stimmt. Aber die Voraussetzungen sind besser denn je. „Es ist alles geklärt. Du kannst dich ganz auf deine Karriere konzentrieren."

Ich rede Blödsinn, ich weiß das. Darum geht es hier gerade überhaupt nicht – und Nolan wird das sowieso tun. Es geht nur um diesen Moment, diesen Abend, diese Nacht. Aber noch kann ich mich nicht darauf einlassen.

„Na, ich werde schon noch ab und zu mein Tipi in der alten Heimat aufschlagen", entgegnet Nolan mit einem charmanten, wenn auch etwas traurigen Lächeln. „Und du als meine Lieblings-Pferde-Squaw darfst dich jederzeit zu mir ans Feuer setzen."

„Was für eine Ehre", gebe ich frotzelnd zurück. „Übrigens, das Kriegsbeil ist endgültig begraben und ich weiß nicht mehr, wo es liegt."

„Das ist gut." Nolan holt Luft, als würde er Mut fassen, und presst kurz die Lippen zusammen, bevor er mir endlich in die Augen sieht. Seine Pupillen sind nicht mehr von seiner Iris zu unterscheiden. Da ist nur noch ein tiefes, schwarzes Schimmern. Fast wie das Fell von Saphir im Sternenschein. „Roxy ..." Beiläufig legt er seine Hand so dicht neben meine, dass unsere Finger sich berühren. „Du weißt ja, ich bin ein verwöhntes Weichei und ich glaube, die nächsten zwei Monate werden nicht lustig für mich. Ich kann da nicht runter und all den Mist über mich ergehen lassen, ohne vorher noch etwas getan zu haben, das ..." Leise stöhnend vergräbt er seine andere Hand in seinen

Haaren. Wovon redet er? Muss er sich mit Isabella versöhnen und will meinen Segen dafür? Braucht er das etwa für seinen inneren Frieden? „Ich muss das jetzt einfach tun." Nun liegen seine Finger nicht mehr neben meinen. Sie greifen nach ihnen, wie in der Nacht in meinem Bett, nur ohne die dunkle Schwere der Trauer über uns. „Keine Angst, okay?", flüstert Nolan, hebt meine Hand an und führt sie behutsam an seine Schläfe – und plötzlich weiß ich, wovon er spricht und was er sich wünscht. Und dass ich alleine niemals den Mut dafür gefunden hätte, obwohl ich es schon bei unserer ersten Begegnung wollte – weil es meine Art ist, Wesen willkommen zu heißen, die mir am Herzen liegen. Bei den Pferden mache ich es nie anders.

Ich lasse meine Hand an seiner Schläfe liegen, bis unsere Gesichter sich so nahe sind, dass ich den Duft seiner Haut erschnuppern kann und er den meiner, ganz vorsichtig und ohne jede Eile, als würden wir ineinander lesen und uns sorgsam vergewissern, dass wir uns für immer vertrauen können. Es ist wie eine Besiegelung dessen, was ich von Beginn an in ihm gespürt habe.

Da ist etwas jenseits der Welten, die uns so brutal voneinander trennen. Es hat eine Macht und Kraft, die kein Mensch je unterbinden kann. Es wird uns stets Zeichen geben und führen, wenn wir Orientierung brauchen, wie eine Flamme, deren Licht niemals verlischt.

Erst als sich unsere Wangen gefunden haben und aneinanderschmiegen, wage ich es, meine Finger durch sein dichtes Haar wandern zu lassen, während er mich wie in Zeitlupe an seine Brust zieht und schließlich mit beiden Armen umfängt, sodass ich umgeben von seiner Wärme bei ihm ruhen kann. Sein Herz schlägt so schnell wie meines, aber sie haben den gleichen Rhythmus gefunden. Vielleicht hatten sie ihn schon immer.

„Alles andere hat Zeit", höre ich Nolan aus weiter Ferne murmeln, obwohl er mir so nah ist wie nie zuvor.

Ja. Alles andere hat Zeit.